Chiara Palazzolo

Die Kinder sind wieder da

Chiara Palazzolo

Die Kinder sind wieder da

Roman

Aus dem Italienischen von
Ulrich Hartmann

C. Bertelsmann

Die Originalausgabe erschien 2003 unter dem Titel
»I bambini sono tornati« bei Piemme, Mailand.

FSC
Mix
Produktgruppe aus vorbildlich
bewirtschafteten Wäldern und
anderen kontrollierten Herkünften

Zert.-Nr. SGS-COC-1940
www.fsc.org
© 1996 Forest Stewardship Council

Verlagsgruppe Random House FSC-DEU-0100
Das für dieses Buch verwendete FSC-zertifizierte Papier *EOS*
liefert Salzer, St. Pölten.

1. Auflage

Satz: DTP im Verlag
Druck und Bindung: GGP Media GmbH, Pößneck
Printed in Germany
ISBN-10: 3-570-00907-6
ISBN-13: 978-3-570-00907-9

www.bertelsmann-verlag.de

Für meine Mutter

Der Tag der Scherben

Später würde sie den Anfang ihrer Qual immer mit dem Klirren von berstendem Glas verbinden, in der Erinnerung lauter und lauter geworden, bis daraus das ohrenbetäubende Krachen von Böllern wurde. Ähnlich dem Knallen, das sie als argloses kleines Mädchen beim Patronatsfest in Angst und Schrecken versetzt hatte, während die Mutter sie an der Hand hielt und ihr mit Lachen und gutem Zureden die Furcht zu nehmen versuchte. Doch auch ihre Mutter vermochte damals nicht vorauszusehen, dass Marella voller Entsetzen über eine Vorahnung weinte, die kein Trost hätte mildern können. Die Mutter bemühte sich vergebens, weil all dies erst viele Jahre später, als Marellas Kindheit weit zurücklag, seinen Epilog in dem lichtdurchfluteten Wohnzimmer in der Wohnung ihrer Tochter haben sollte, an einem strahlenden Samstag im Mai, als die Gläser als Scherbenregen, dem Funkenflug beim Feuerwerk gleich, auf dem glänzenden Keramikboden niederprasselten. »Papa … warum?«, flüsterte Marella mit vor Schmerz und Fassungslosigkeit erstickter Stimme, als sie die Reste ihres kostbaren Kristallglasservices anstarrte – zweiundsiebzig Teile und die beiden Karaffen für Wein und Wasser –, dem seit dem frühen Morgen alle ihre Überlegungen gegolten hatten. In Gedanken ganz damit beschäftigt und voller Vorfreude hatte sie sich im frühen Morgenlicht des Tages gewaschen, Alessandro und die Kinder geweckt und die Familienmaschinerie in Gang gesetzt und angetrieben, die Kinder zur Schule geschickt und ihren Mann ins Auto gesteckt, weil er einen Außentermin hatte. Denn sie wollte endlich allein sein, ganz allein mit dieser herausfordernden, reizvollen Aufgabe, das Service gründlich zu polieren, der bei Kristallglas unvermeidlichen Mattheit ein Ende zu machen und den ursprünglichen Glanz wiederherzustellen. Und so sehr war sie versunken in ihre an diesem prächtigen Mittag schon weit gediehene Aufgabe, dass sie nur durch Zufall das leise Klingeln an der Wohnungstür hörte, die sie einige Augenblicke später öffnete, ihren Schwiegervater auf der Schwelle stehen ließ und nur mit einem zerstreuten »Ciao« und einer vagen Geste einlud, ihr ins Wohnzimmer zu folgen, wo die wundervollen Kristallkelche in einer glitzernden Reihe aufgereiht standen – armer Papa, immer kommt er ungelegen, dachte sie amüsiert, während sie die Karaffe erneut in die Hand nahm und mit einem feuchten Tuch noch einmal gründlich nachwischte.

Nein, ihr fiel nichts auf, schließlich war sie ganz auf die Gläser konzentriert, und außerdem trug ihr Schwiegervater, seit er die Siebzig überschritten hatte, oft diese verschlossen-griesgrämige Miene zur Schau, die er auch jetzt aufgesetzt hatte. Und so warf sie ihm, beschäftigt, wie sie war, kaum einen Blick zu, als er den Stuhl abrückte, um sich zu setzen, bemerkte nicht den Schatten, der auf seinem Gesicht lag und der ihr wohl aufgefallen wäre, hätte sie nicht diese fragile Karaffe in der Hand gehabt, das zweitletzte Stück, das sie noch einmal putzen musste, um ihr Werk an diesem Tag zu krönen, an diesem glücklichen freien Samstag, der für sie zu einer Art Institution geworden war, der einzigen Zeit, in der sie wirklich frei hatte, ohne Arbeit und ohne Familie um sie herum.

»Willst du dich nicht setzen, Papa?«, fragte sie ihren Schwiegervater, den Blick zur anderen Seite gewandt, um ihr funkelndes Service in der Sonne, die das Zimmer durchflutete, zu bewundern, während er sich schwer auf den Stuhl aus hellem Holz fallen ließ, einen Arm ausstreckte wie ein erschöpfter

Schwimmer, der auf der Suche nach Halt um sich schlägt, und mit einer Bewegung mehr als fünfzig Gläser vom Tisch fegte, die in einem Scherbenregen auf dem Wohnzimmerboden zerbarsten.

Voller Entsetzen starrte Marella dieses Meer aus glitzernden Glassplittern an – »Die Gläser … meine Gläser!« –, bevor sie sich fassungslos ihrem Schwiegervater zuwandte. »Papa … warum?«, fragte sie atemlos immer wieder, die Arme schützend um die Karaffe gelegt, die sie noch polierte, während ihr schon die ersten Tränen in die Augen schossen.

»Es ist ein …«, murmelte der Schwiegervater, sein Blick abwesend und doch fest auf die Tränen in Marellas Augen gerichtet. Die Gläser … nie wieder würde sie ein so schönes Service bekommen! Aber warte nur ab, was passiert, wenn Alessandro heimkommt, du alter Trottel, der du bist! Ständig jammerst du über deinen Ischias und deine Leber, mal passt dir dies nicht, mal passt dir das nicht … und ich bedaure dich auch noch, heitere dich auf, spreche dir Mut zu. Und das hat man dann davon!

Der Schwiegervater hob in die Stille hinein eine Hand – was, ist es noch nicht genug? Willst du dein Werk vollenden? Nur zu, geh noch einmal drüber! Siehst du nicht, dass manche Gläser noch stehen? Warum sollten wir Mitleid mit den Überlebenden haben?

»Die …« Er versuchte, etwas herauszubringen … das bemerkte Marella erst in diesem Moment. Obwohl sie ganz von Schmerz und Wut erfüllt war, fiel ihr auf, dass irgendetwas nicht stimmte. »Die Kinder …«, krächzte er und griff sich mit einer Hand an die Kehle, als wollte er die nötige Luft herauspressen, um weitersprechen zu können.

»Was ist mit den Kindern?«, fragte Marella schließlich, und die Tränen hielten sich wie Eissplitter in den Winkeln ihrer aufgerissenen Augen, während sie im aufdringlich hellen

Licht dieses Samstags im Mai mit kleinen Schritten zu ihm hinging und dabei die Glasscherben zertrat, als wären sie Eierschalen. Er hielt sich eine Hand vor die Augen und stieß mit letzter Kraft hervor: »Niemand hat den Mut gehabt, es dir zu sagen ... deshalb bin ich gekommen ... vor wenigen Minuten ... ein paar Straßen weiter ... ein großes Auto ... es ist ins Schleudern geraten ... und auf den Gehweg gerast ... die Kinder ... unsere Kinder ...«

Alessandro, dessen Kanzlei nur wenige Schritte von der Schule entfernt lag, sah normalerweise vom Fenster aus zu, wenn die Kinder die Schule verließen, und zählte ihre Schritte auf dem kurzen Heimweg – immer auf dem Bürgersteig, nur eine einzige Straße zu überqueren, schmal und mit einer Ampel ausgerüstet –, er konnte an diesem verdammten Samstag nicht auf die Kinder Acht geben, weil er nach Crotone musste, um dort einen seiner wichtigsten Mandanten zu treffen. Alessandro würde sich später nicht mehr an den genauen Moment erinnern, in dem er die Nachricht bekommen hatte, doch ihm sollte im Gedächtnis bleiben, was Marella selbst vergaß. »Marella hielt eine Kristallkaraffe in der Hand«, hatte ihm der Arzt, ein Cousin von ihm, erklärt. »Wir haben zwei Stunden gebraucht, um die Splitter aus ihrer Hand zu entfernen ... dein Vater hat gesagt, sie hat sie an sich gepresst, als er ihr erzählte, was geschehen ist ... Ich weiß nicht, was ich dir sagen soll, Alessandro, wir sind alle erschüttert. Doch du musst an sie denken, Alessandro ... du musst an Marella denken.«

Und das hatte er. Er hatte an sie gedacht. Er hatte sogar nichts anderes getan, als an sie zu denken: Manchmal vergaß er den eigentlichen Grund, warum er an sie dachte, und war so durcheinander, dass er meinte, die Kinder seien bei den Großeltern, weil Marella sich in ihrem Zustand nicht um sie kümmern könne. Bis ihm auffiel, dass bei dieser Überlegung irgendwas nicht stimmen konnte. Dann war es, als würde ein Blitz in sein Bewusstsein einschlagen, hell in seinem Kopf aufzucken und ihn zurück in die unerträgliche Wirklichkeit dessen bringen, was geschehen war.

Die Wirklichkeit jener Katastrophe, die er überlebte, von einem Tag zum anderen, indem er die ganze Zeit an Marella dachte, daran, wie er sie vor den Fenstern schützen sollte, so gefährlich und verlockend hoch oben im vierten Stock, oder vor dem Gasherd, den er, wenige Stunden nachdem er den Kopf der schon leblosen Marella aus diesem Wolfsschlund gezogen hatte, durch einen elektrischen Herd ersetzen ließ. Ganz zu schweigen von dem Medikamentenschränkchen, zusammen mit seinem Cousin nach Marellas erster Einlieferung gesäubert – als sie nur überlebte, weil sie das Schlafmittel mit den Magentabletten verwechselt hatte –, und den Rasierklingen, die er nach Marellas erstem allzu eindringlichem Blick hatte verschwinden lassen. Er lernte es, die Gefahr aus einem einzigen Blick seiner Frau zu erkennen und nicht nur ihren Taten, sondern auch ihren Absichten zuvorzukommen. Schließlich ahnte er sogar Dinge, an die sie nicht einmal gedacht hatte. Nur er selbst wusste, was er in dem Elektrowarengeschäft an der Ecke durchgemacht hatte, als er eine Glühbirne kaufte, weil die in der Küche durchgebrannt war, und in seinem Kopf eine Vorstellung aufblitzte: Marella nackt, wie sie in die Wanne mit heißem Wasser steigt, einen eingeschalteten Föhn wie einen kostbaren Fächer des Todes in der Hand haltend. Doch nichts dergleichen! Marella war es nicht einmal in den Sinn gekommen. An die Plastiktüte wiederum hatte er nicht gedacht, eine unschuldige, harmlose Plastiktüte aus dem Supermarkt gleich unten in der Straße. Und nur wie durch ein Wunder hatte dieses Versäumnis nicht dazu geführt, dass Marellas Vorhaben gelang.

»Jetzt reicht es!«, brach es aus seinem Cousin in der Notaufnahme des Krankenhauses heraus. »Du musst sie einliefern, Alessandro, es gibt keine andere Möglichkeit. Diesmal war es wirklich knapp. Sie ist um ein Haar erstickt. Nein, du kannst sie jetzt nicht sehen, sie bekommt Sauerstoff, aber du musst sie einliefern, so könnt ihr nicht weitermachen«, flehte er ihn an, als er sich neben ihn auf die harte Bank in der Aufnahme setzte, unter eine Neonlampe, deren Licht die Tränen auf Alessandros Wangen grün schimmern ließ.

»Glaub mir«, ließ er nicht locker, »es ist die einzige Möglichkeit. Du kannst nicht ewig gegen sie kämpfen. Sie muss behandelt werden, sie braucht professionelle Hilfe, du kannst dich nicht mehr um sie kümmern.«

»Nein«, antwortete er und zog die Nase hoch. »Nur ich allein kann es schaffen. Du weißt ja gar nicht, wie viele Gefahren in einem Haus lauern. Und erst in einer Klinik! Marella würde innerhalb von vierundzwanzig Stunden eine Möglichkeit finden. Sie ist intelligent. Ich kenne sie, ich weiß, was in ihrem Kopf vorgeht ... ich komme ihr zuvor, verstehst du? Mit dieser verdammten Plastiktüte hat sie mich überrascht, doch das wird nicht noch einmal passieren. Ich werde dafür sorgen, dass sie nicht mehr unbeobachtet ist«, und für einen Augenblick leuchtete in seinem Blick jenes triumphierende Funkeln auf, das seinen Cousin stärker beunruhigte als hundert Selbstmordversuche Marellas. »Ich ermüde sie. Man kann nicht endlos das Gleiche wollen ... es geht vorbei, du wirst schon sehen. Und dann kann ich wieder arbeiten und beruhigt die Haustür hinter mir zumachen. Doch vorher nicht! Das ist mein Ziel ... und ich habe meine Ziele noch immer erreicht. Ich werde es schaffen, du kannst ganz beruhigt sein. Ich stehe das durch ... doch auf meine Art.«

Und er hatte es durchgestanden, indem er einer mit irrem Blick herumlaufenden Marella nachspionierte und durchs ganze Haus folgte, ihr die Nadeln aus der Hand nahm, die sie schlucken wollte, ihr zwei Finger in den Hals steckte, damit sie die Dutzende von Pillen ausspuckte, die sie sich weiß Gott wo doch noch besorgt hatte, mit Schlössern und Riegeln Balkontüren und Fenster zusperrte, seinen Vater schamlos um das Geld für das tägliche Leben anbettelte, weil auch noch eine Hypothek auf der Wohnung lastete, er aber nicht wieder anfangen konnte zu arbeiten, bis Marella ihr Vorhaben aufgegeben hatte; und schließlich, indem er gegen seinen Cousin ankämpfte, der zum Schluss nicht nur Marella, sondern auch ihn einliefern wollte.

Er hatte es durchgestanden: sogar den Kloß im Hals, als er eines Nachts fast zu ersticken meinte, schweißnass wach geworden, nachdem er zum ersten Mal von den Kindern geträumt hatte, und zwar, dass er mit ihnen am Strand gespielt hätte, um dann in der Dunkelheit die wahnsinnigen Augen Marellas zu sehen, die ihn anstarrte, während er keuchend mit einem Asthmaanfall kämpfte. Er hatte es durchgestanden, auch als er erschöpft war und nicht wusste, woher er die Kraft nehmen sollte, um das alles auszuhalten, oder aus welchem Grund er es tat. Doch einen Grund gab es schon, denn er dachte sehr wenig an die toten Kinder und den Wahnsinn seiner Frau. Er beschränkte sich darauf, gefährliche Gegenstände aus dem Weg zu räumen, Marella wie ein Schatten zu folgen und dabei allen, angefangen bei sich selbst, immer wieder zu sagen, dass er, sobald Marella sich erholt hätte, wieder arbeiten, seine verdammte Kanzlei wieder aufmachen würde. Dies war sein Ziel, sein einziges Ziel … und bei Gott, er würde es erreichen.

Er glaubte schon fast nicht mehr daran, als es geschah. Er konnte es nicht fassen, dass er nun wieder Balkontüren und Fenster aufsperren konnte, neue Arzneien ins Medikamentenschränkchen stellen, die im Keller versteckten Gürtel zurück an ihren Platz bringen und die Haarnadeln auf den Toilettentisch legen, ein bisschen Alkohol für kleine Verletzungen im Haus haben und Küchenmesser, Scheren und Rasierklingen an den gewohnten Orten unterbringen konnte. Und rauchen, ohne das Feuerzeug zu verstecken, wieder in die Sonne hinaustreten, mit leichtem Schritt durch die Straßen des Orts gehen, sich der Realität endlich stellen.

Nein, er glaubte zuerst nicht daran, als Marella sich im frühen Morgenlicht die Augen rieb, ihn aus den Albträumen der Nacht rüttelte und ihn bat, doch bitte ihre Hand loszubinden, weil sie ins Bad müsse. »Was habe ich geschlafen … ich habe geschlafen … habe geschlafen!« Er glaubte nicht daran, bis sie anfing zu schreien, die Hand hin und her zu schütteln, die noch an dem Riemen hing, mit dem er sie jede Nacht festband, damit sie sich nicht auch nur einen Schritt weit in das ungewisse Dunkel dieser unsicheren Wohnung vorwagen könnte. »Ich habe geschlafen, Alessandro! Ich habe geschlafen!«

»Ich gehe dann mal«, sagte Alessandro. »Wenn Mario Rizzo mich sucht, sag ihm, ich bin unterwegs … und gib ihm nicht die Handynummer!«

Sie saß in der Küche, den Rücken zur Tür, und hörte, wie sich die Schritte ihres Mannes auf dem Gang entfernten, wie die Wohnungstür ins Schloss fiel und der Aufzug zu ihrem Stockwerk hochfuhr. Wieder ein Tag, mit dem sie fertig werden musste, dachte Marella, nachlässig in einen weiten rosa Pulli gekleidet, ihre Locken von einem blauen Band gehalten, das sie zufällig aus einer Schublade gefischt hatte. Wieder ein schöner Tag in Gesellschaft ihrer Qual.

Marella lugte durch die Küchengardine und sah den metallicfarbenen Fiat 164 um die Ecke biegen. Sie zog den Stuhl hinter sich her und ging ins Bad. Dort stellte sie den Stuhl unter die Klapptür vom Hängeboden und kletterte darauf. Auf den Zehenspitzen stehend – wenn sie doch nur ein bisschen größer wäre! –, zog sie am Knauf der Klapptür. Tastend schob sie die rechte Hand auf den Hängeboden. Mit einer absoluten Sicherheit, wie sie nur lange Übung bringen kann, bekam sie die kleine Mappe zu fassen und betrachtete sie: ein Moment plötzlichen Glücks, das ihre Augen aufleuchten ließ – Widerschein dessen, was einst das Sternenfunkeln in den Augen jener Marella gewesen war, die den jungen Geburtshelfer bei Elisas Geburt zum Kuckuck gewünscht hatte: »Sie sind mir vielleicht eine Hilfe! Es wäre besser, Sie hätten mir Ihre Frau geschickt …«

Sie schloss die Klappe des Hängebodens und stieg vom Stuhl, hielt die Mappe dabei fest in der Hand. Gott sei Dank hatte Alessandro nie an den Boden gedacht, er war manchmal so naiv.

In der Küche betrachtete sie mit verschwörerischem Lächeln ihren Schatz … oder zumindest jenen Teil, den sie vor der Bilderzerstörungswut Alessandros hatte retten können. Es waren nur sechzehn Fotos; nichts, verglichen mit den hunderten, die sie gemacht hatte, doch schon sehr viel angesichts des Totalverbots, das der vollständig angetretene Große Rat verhängt hatte – also Alessandro selbst, Franco Sesta, dieser wichtigtuerische Cousin, der sich als Leuchte der Wissenschaft aufspielte, und Emma – wirklich toll! –, die große Psychologin, die nicht mehr an die Madonna oder die Heiligen glaubte, seit sie Prozac entdeckt hatte. Die größte Expertin für die Trauer einer Mutter, ausgerechnet sie, die – inzwischen deutlich über dreißig – immer noch mit dem Kind kokettierte, das sie irgendwann einmal haben würde, »wenn sie erst einmal erwachsen wäre«, wie sie es nannte. Doch das war unwichtig. Wichtig war, wenigstens diese sechzehn Fotos vor der Vernichtung jeder »greifbaren Erinnerung« gerettet zu haben, wie Alessandro es nannte, indem er ihr erklärte, dass solche Dinge es nur erschweren würden, die Trauer zu verarbeiten. Denn jetzt mussten sie wieder anfangen zu leben. Sie konnten es sich nicht leisten, jeden Abend die Fotos zu betrachten und zu weinen und mit diesem Kloß im Hals ins Bett zu gehen. Er hatte sie alle verschwinden lassen, oder fast alle … denn es ist nicht leicht, eine Mutter zu täuschen, und im Großen Rat waren keine Mütter, die die anderen über die Schlauheit dieser Spezies hätten aufklären können.

Sie hielt die Mappe fest in ihren Händen. Während die Gläser auf dem Boden zerbarsten und gleichzeitig tausend Feuerräder-Funken unter dem ohrenbetäubenden Getöse von

Donnerschlägen über den Sternenhimmel rasten, schlug Marella das kleine Album auf, und die Gesichter von Elisa und Iacopo kamen ihr entgegen, ihre Mündchen verschmiert von der Soße zu den Tagliatelle, die sie in einem anderen Leben bestellt hatten, am Tisch eines Restaurants am Meer, einst wenige Kilometer von zu Hause entfernt und nun durch einen tiefen und finsteren Abgrund davon getrennt. Elisa lachte, zeigte mit dem Finger auf Iacopo, hatte offensichtlich keine Ahnung von der eigenen Kriegsbemalung im Gesicht. Und auch Marella lachte nun, als sie die kleinen Gesichter ihrer Kinder auf dem Foto streichelte, ihrer Kinder, die einst unartig und laut gewesen waren, die lebhaftesten in der ganzen Schule, und jetzt nur noch starre Abbildungen vor einem verschwommenen, zweidimensionalen Hintergrund.

Und Alessandro hatte all die anderen Fotos vernichtet! Als könnte er nicht verstehen, dass nur diese armseligen Bilder sie daran zu erinnern vermochten, dass sie die Mama von Iacopo und Elisa gewesen war. Dass ihre Vernichtung bedeutete, die letzte Spur der Existenz ihrer Kinder zu beseitigen … doch vielleicht war es genau das, was Alessandro wollte – wie wenn er auf die wiederholten Einladungen von Freunden, die sie schroff ablehnte, mit einer Entschuldigung antwortete: »Wir haben eine schwierige Phase durchgemacht … es ist noch zu früh.« Eine schwierige Phase! Fast hätte sie lachen müssen, wenn das Lachen nicht von einem Schluchzen erstickt worden wäre. Wie konnte man jetzt noch lachen, wo die Kinder tot waren?

Eine schwierige Phase! Er verstand nicht, dass es keinerlei Phase mehr geben würde. Dass alle vorstellbaren Phasen in dem Getöse zerberstender Gläser untergegangen waren. Es gab nichts mehr außer der Leere dieser Küche, die wie eine Druckausgleichskammer war, wo man den Tag mit festem Blick auf die wenigen Bilder verbringen konnte, die der Vernichtung entgangen waren. Oh, sieh mal da, Elisas Popo im Vordergrund. Das hatte sie vor zwei Jahren in Sila aufgenommen. Elisa war gefallen, rappelte sich aber tapfer gerade wieder auf – und klick! hatte sie die Kleine von hinten erwischt, Großaufnahme vom kleinen Popo in den ersten Jeans ohne Windel. Und das da war auch im Pinienwald, doch in der Mitte diesmal Iacopo, wie er das Kaninchen an den Ohren zog. Gleich würde er weinen, aber davon war auf den Fotos nichts zu sehen. Das Bild hatte Alessandro gemacht, einen Moment bevor Marella dazwischenging und Iacopo einen Klaps auf den Hintern gab, worauf der das Kaninchen fallen ließ und in Tränen ausbrach. »War das nötig?«, hatte Alessandro sich eingemischt. »Das war doch nur ein blödes Kaninchen.« – »Wehe, ich erwische dich noch einmal dabei, dass du ein Tier quälst!«, hatte Marella geschrien, ohne ihrem Mann Beachtung zu schenken. »Hast du verstanden, Iacopo? Tu das nie wieder.« Doch eigentlich juckte es ihr in den Fingern, weil sie am liebsten noch einem anderen einen Schlag auf den Hintern gegeben hätte, und zwar ihrem Mann. Wenn sie daran dachte, juckte es ihr auch jetzt in den Fingern, es fühlte sich an wie tausend Nadelstiche von innen, wie seltsam … als hätte man die Hände voller Dornen … oh, dieses Foto war das schönste, Elisa und Iacopo, wie sie die Rutsche runtergesaust kamen, mit so viel Schwung, dass man meinte, sie sprängen aus dem Foto, um auf dem Küchenfußboden zu landen. Emma hatte es aufgenommen – als sie noch nicht den harten Flügel im Großen Rat bildete, sondern nur eine Freundin war, mit der man quatschen konnte, die einen schnell einmal mit dem Auto nach Hause fuhr oder ein Foto von den Kindern machte. Schade, dass sie sich in eine Prozac-Priesterin verwandelt hatte … o Gott, was war das bloß für ein Brennen in den Händen? Da, Iacopo, er sah so toll aus, wie er voller Eifer runtersauste und sein langes Haar, das sie nie schneiden mochte, im Wind wehte …

»Machst du mir das Band fest?«

Marella hob zerstreut den Blick von Iacopos Bild, der mit ausgebreiteten Armen und einem sonnigen Lächeln auf sie zurutschte, streckte die Hand nach dem rosa Band aus, das das Mädchen ihr hinhielt, und machte es ihr in wenigen Sekunden im Haar fest.

»Das müsstest du eigentlich allein können«, sagte sie und senkte den Blick wieder auf die Kinder, wie sie die rote Plastikröhre hinunterrutschten.

»Ich bin zu klein«, beklagte sich das Mädchen und ging aus der Küche. »Ciao.«

»Ciao … und mach nicht so viel Lärm … die Mama ist beschäftigt … *o Gott!*«

Sie sprang mit einem Satz auf die Füße, warf den Stuhl um und wirbelte die Fotos durch die Luft. Während in ihrem Kopf Tausende von Leuchtkugeln explodierten, rannte Marella auf den Gang, stieß gegen Möbel und stolperte über Teppiche, riss eine Tür nach der anderen auf, raufte sich die Haare, weil es ihr nicht gelang, sie zu finden, ihre Elisa, die für einen Moment vor ihr gestanden hatte, mit dem Haarband in der Hand und dem fragenden Blick … vor ihr, die sie gedankenlos hatte weggehen lassen.

»Elisa!«, rief sie, die Kehle heiser von den Schreien, die sie ausgestoßen hatte, ohne es auch nur zu merken, und riss die Wohnungstür auf. »Elisa!«

»Warum zieht ihr nicht um?«

Alessandro streckte eine Hand auf den Schreibtisch aus, griff nach dem Päckchen Zigaretten und nahm sich eine heraus. Er kritzelte eine Notiz in seinen Kalender und sah dann zu seinem Cousin hoch. »Warum solltet wir?«, fragte er und steckte sich die Zigarette an.

»Weißt du … ich habe mit Emma darüber gesprochen …«

»Du triffst dich oft mit Emma.«

»Was hat das damit zu tun? Aber nein, wir waren neulich zusammen unten im Athenaion zum Abendessen, die ganze Clique … ich habe jetzt noch Sodbrennen … aber nicht vom Thema ablenken: Also, ich verstehe wirklich nicht, warum …«

»Mir gefällt meine Wohnung … und Marella will dableiben. Ein Umzug würde uns gerade noch fehlen, mir reichen für diese Wohnung schon die ganzen Kosten, die jeden Monat fällig sind. Weißt du, wie lange ich täglich arbeite? Manchmal vierzehn Stunden am Stück … und ich beklage mich nicht. Ich habe es auch fast vollständig geschafft, die Hypothek von der Wohnung zu tilgen und meinem Vater alles zurückzuzahlen. Wenigstens halten meine Mandanten zu mir. Weißt du, dass Rizzo versucht hat, mich reinzulegen? Eine Beteiligung hier, eine Beteiligung da …«, spöttelte er. »Fast wäre ich darauf reingefallen. Das ist vielleicht ein Geier! Immer um mich herumgekreist, monatelang, nachdem es passiert ist … also, du weißt schon. Nein, mein Lieber, wer glaubt, er könnte mich verarschen, nur weil die Trauer mich fertig macht, der irrt sich. Du hättest sehen sollen, was ich mit dem gemacht habe!« Er musste lachen, als er daran dachte. »Ich habe ihn zu mir gebeten, als ich die Kanzlei wieder eröffnet habe. Und er kommt mit diesem Gesicht rein, als wäre er hier der Chef. Ich habe ihn reden lassen. Er hatte auch einen ganzen Haufen Papiere zum Unterschreiben dabei. Kümmere dich nicht um dies, kümmere dich nicht um das, ich verstehe, was du durchgemacht hast, doch ich helfe dir, ich hole dich aus diesem Schlamassel heraus, beim heiligen Angedenken deiner Kinder, du weißt ja, wie Rizzo ist, wenn er so richtig in einer Rolle aufgeht. Und weißt du, was ich zu ihm gesagt habe, als er aufgehört hat zu reden, weißt du, was?« Er lachte erneut.

»Na, was hast du zu ihm gesagt?«, wollte Franco Sesta wissen und beugte sich mit vor Neugierde funkelnden Augen vor.

»Ich habe zu ihm gesagt: Hör mal zu, du kleines Arschloch ...«

»Nein!«, platzte sein Cousin heraus und explodierte vor Lachen. »Das ist nicht wahr ... wie hast du ihn genannt?«

»Kleines Arschloch, habe ich zu ihm gesagt«, wiederholte Alessandro, während er vor Glucksen fast nicht weitersprechen konnte und Franco mit den Fäusten auf den Tisch schlug. »Warte ... lass mich zu Ende erzählen. Also, habe ich zu ihm gesagt, du kleines Arschloch, seit wann läufst du herum und hinterlässt irgendwelche Scheißhaufen auf den Schreibtischen anderer Leute? Du hättest ihn sehen sollen, als ich den Schreibtisch hochgehoben und den ganzen beschissenen Papierkram auf ihn gekippt habe. Dann habe ich die Tür aufgemacht ... er hat buchstäblich nach Luft geschnappt. Er saß in dem Drehsessel da ... ich habe zu ihm gesagt, geh woandershin mit deiner Scheiße! Dann habe ich den Sessel gepackt und ihm einen solchen Stoß gegeben, dass er direkt gegen den Tisch im anderen Zimmer geprallt ist, und das Mädchen da hat angefangen zu schreien ... ein Wahnsinnschaos!«

»Ogottogottogott«, stieß sein Cousin aus. »Ich wusste, dass was passiert war, es gab Gerüchte ... aber das!«

»Du ahnst ja nicht, was du verpasst hast!«, sagte Alessandro, der noch immer vor Lachen bebte und schließlich den Kopf schüttelte.

Sein Cousin rückte sich die Krawatte zurecht. »Er hat es verdient«, meinte er schließlich und lachte noch einmal kurz auf. »Darf ich es weitererzählen?«

»Ich habe schon damit angefangen. Wenn du mitmachen willst ...«

»Darauf kannst du dich verlassen. Also dann ... es ist schon spät. Grüß Marella von mir, und lass uns versuchen, demnächst einmal zusammen wegzugehen. Ihr tut es auch nicht gut, immer zu Hause zu sitzen.«

Alessandro breitete die Arme aus und seufzte.

»Ich versuche es. Wenn ich es nur schaffen würde, sie dazu zu kriegen, dass sie nach Weihnachten wieder bei der Gemeinde arbeitet. Aber sie will nichts davon wissen. Vielleicht ist es noch zu früh. Du weißt, es ist schon ein Wunder, dass sie … Doch das ist nur eine Frage der Zeit.«

»Ja … das glauben wir auch, ich meine, Emma und ich. Doch der Bann muss gebrochen werden, wie man so sagt, deshalb habe ich gedacht, dass ein Umzug eine gute Idee wäre.« Er wehrte mit einer Geste Alessandros Antwort ab. »Ich habe verstanden, dass ihr in eurer Wohnung bleiben wollt. Gut, ich gehe, Alessandro, meine Schicht fängt in einer halben Stunde an.«

Mit einem Nicken setzte Alessandro sich wieder an den Schreibtisch. »Und grüß Maria Assunta von mir«, fügte er mit einem Zwinkern hinzu.

Ein Abend im Athenaion, wie in alten Zeiten … doch bei Marella durfte man manche Dinge nicht einmal erwähnen. Sicher, der Ausnahmezustand war vorbei, doch auch Marella, die alte Marella, gab es nicht mehr. Natürlich könnte er auch allein ausgehen. Es war undenkbar, dass er den Rest seines Lebens eingeschlossen in der Wohnung verbringen würde, vor dem Fernseher, in Gesellschaft dieses Schattens, der einmal seine Frau gewesen war. Doch vielleicht war es auch für ihn noch zu früh. Er konnte sich nicht vorstellen, inmitten einer ausgelassenen, beschwipsten Gesellschaft in einem Restaurant zu sitzen und über die Dummheiten zu reden, die man in jungen Jahren begangen hatte … und außerdem fiel es ihm nicht mehr so richtig ein, was er als Junge getan hatte.

Er drehte einen Bleistift in den Fingern und dachte wieder an Mario Rizzo. Mit dir bin ich quitt, mein Lieber! Aber wirklich. Sein Vater hatte für den Vater von Rizzo gearbeitet, hatte ihm dieses schöne weiße Haus gebaut, in dem jetzt Mario wohnte, es mit seinen eigenen Händen hochgezogen, für das irdische Wohl der Rizzo-Sippe, Winkeladvokaten ohne Rückgrat, die jedoch die richtigen Beziehungen hatten. Und dafür hast du zahlen müssen, du alter keuchender Geier … Nur damit klar ist, dass Alessandro Santoro nichts vergisst! Ich habe dir heimgezahlt, was du meinem Vater geschuldet hast.

Als er bemerkte, dass er immer noch mit dem Bleistift spielte, nahm er ihn fest in beide Hände und zerbrach ihn. Genug Zeit verloren, jetzt wurde Ernst gemacht.

Er nahm den Hörer vom Telefon und wählte aus dem Gedächtnis die Nummer. Sie war besetzt, doch er hatte keine Eile. Er würde es wieder versuchen. Er war nicht zerstreut. Wenn er zerstreut wäre, würde Marella nicht mehr leben. Aber sie lebte, und das war der Beweis dafür, dass Hartnäckigkeit alles vermochte. Das Problem war, Prioritäten zu setzen, eine Sache nach der anderen anzugehen. Auf das Ziel konzentriert bleiben, bis man es erreicht hatte. Wo würde es geschehen? Und wann? Zu welcher Tages- oder Nachtzeit? Doch vor allem: Wer war der verdammte Scheißkerl, den er dann vor sich haben würde? Und wenn es eine Frau wäre? Nun … in diesem Fall würde es ein ganz klein wenig anders ablaufen.

Mit einem Grinsen wählte er die Nummer noch einmal.

Mit Alessandro darüber reden? Um Himmels willen. Sie hatte ihm gegenüber nicht einmal eine Andeutung gemacht, weil sie schon im Voraus wusste, was er antworten würde: »Das war eine Halluzination, Marella, nur eine Halluzination. Du denkst ununterbrochen an die Kinder ... da hast du dir einfach vorgestellt, Elisa zu sehen. Wenn du nur auf Emma hören würdest ... sieh mal, mit Prozac wärst du in einem Monat wieder fit! Du könntest zurück ins Büro, wieder Auto fahren. Wenn einer sich den Oberschenkel bricht, braucht er eine Krücke. Das Gleiche gilt für dich. Es ist nur eine Krücke, doch sie wirkt Wunder. Emma hat mir Veröffentlichungen und Statistiken gezeigt ... es verändert nicht deine Persönlichkeit. Im Gegenteil. Es hilft dir, wieder zu dir selbst zu kommen, die Wunde zu schließen. Natürlich bleibt diese Verletzung, die werden wir unser ganzes Leben lang mit uns herumtragen, doch wir müssen dafür sorgen, dass die Wunde vernarbt ... und diese dummen Pillen, wie du sie nennst, können dabei helfen.« Und so weiter, wie bisher. Sie wusste allzu gut, wie Alessandro auf sie einredete. Das war ja nichts Neues. Deshalb hatte sie keinem Menschen etwas erzählt. Ihre Mutter anrufen, um ihr zu sagen, dass Elisa zurückgekommen war, um sie zu besuchen? Die arme Frau, das hätte ihr gerade noch gefehlt.

Halluzination, was für ein beunruhigendes Wort. Doch es war keine Halluzination gewesen. Sie hatte das samtige Band, das Elisa ihr hingehalten hatte, zwischen den Fingern gespürt und das lange weiche Haar ihrer Tochter berührt ... ihre

Stimme … sie hatte schon geglaubt, sie vergessen zu haben … das Getrappel ihrer Schritte … das rosa Kleidchen. Doch Elisa hatte nie ein rosa Kleid gehabt! Nicht dieses jedenfalls. Wo konnte sie es herhaben? Wer hatte es ihr gegeben? Und wenn es wirklich eine Halluzination gewesen wäre, hätte ihre Tochter dann nicht etwas angehabt, das sie kannte? Den roten Spielanzug, den sie am liebsten mochte, oder das blaue Samtkleid, das sie ihr ein paar Wochen zuvor gekauft hatte … Aber natürlich! Diese Kleider waren an ihrem Platz, im Kinderkleiderschrank. Deshalb konnte Elisa sie nicht anziehen, um ihre Mama zu besuchen. Denn Elisa war wirklich gekommen … hatte die Zeit durchquert, sich über die Grenzen des Todes gewagt, um zurückzukehren und sie wiederzusehen. Und warum war Iacopo nicht bei ihr? Hatte sie ihm nicht tausendmal eingeschärft, seine kleine Schwester nie, nie allein zu lassen? Wo war Iacopo geblieben? Genug! Sie musste unbedingt mit jemandem darüber sprechen.

Aber mit wem? Mit Emma. Doch Emma gehörte zum Großen Rat. Sie würden einen Prozess gegen sie führen, bei dem Emma, Alessandro und Franco Sesta die Geschworenen wären und sie selbst, als Angeklagte vor den Schranken des Gerichts, ein paar wirre Worte stammeln würde, von allen anderen konsterniert beobachtet. Urteil in letzter Instanz: Einsatz von Prozac. So machen wir ein für alle Mal Schluss damit – und dies war, daran gab es nicht den leisesten Zweifel, die erregte und gereizte Stimme ihres Mannes. Nichts zu machen, so ging es nicht. Und wenn sie stattdessen … Costanza … warum nicht Costanza? Sicher, sie war nicht so intelligent wie Emma … Aber vielleicht konnte man eher auf sie zählen. Auch wenn sie sich die ganze Zeit über nicht gemeldet hatte. Costanza war von ihrer Art her herzlich und überschwänglich, doch vielleicht hatte sie ja verstanden, dass es für sie nicht einfach war, von den alten Freunden zu hören, die Beziehungen mit der Außenwelt wieder aufzunehmen. Warum hatte sie nicht früher an Costanza gedacht? Doch ihr Versuch hatte sich als Schlag ins Wasser herausgestellt.

Costanza war am Telefon kurz angebunden gewesen. Sie war wirklich gerade auf dem Sprung … der Junge hatte Fieber. Ich bin froh, von dir zu hören, geht es dir jetzt besser? Entschuldige, aber ich bin spät dran. Sobald der Junge wieder gesund ist, fahren wir in die Berge. Morgen Nachmittag habe ich schon eine Verabredung, Samstag bin ich bei meinen Schwiegereltern … entschuldige, da ist ein Anruf auf der anderen Leitung und … und ist schon gut, dachte Marella und legte auf. Was hast du dir denn vorgestellt? Dass alle neben dem Telefon hocken und besorgt auf deinen Anruf warten? Glaubst du etwa, dass die Menschen gut sind? Hättest du nicht kapieren können, dass Costanza sich einfach deshalb nicht gemeldet hat, weil sie keine Lust dazu hatte? Dass das Unglück der anderen nur eine Belästigung ist, die Nerven kostet? Wie konntest du nur auf die Idee kommen, dass Costanza Napolitano, die Frau, die vollkommen auf Bälle, Wahlempfänge und Kostümfeste fixiert ist, überall dabei und ständig in Bewegung, sich plötzlich in die heilige Costanza der Barmherzigkeit verwandeln würde? Du hast dich schlicht und einfach ein weiteres Mal getäuscht. Lassen wir es dabei, und reden wir nicht mehr darüber.

Doch Marella irrte sich, wenigstens zum Teil. Und hätte sie Costanzas Version gehört, so hätte sie ihr am Ende vielleicht sogar Recht gegeben oder wäre wenigstens nicht so enttäuscht gewesen. Denn Costanza – und Alessandro könnte es bestätigen, wenn er sich nur entschlösse, ihr zu enthüllen, was in den berühmten Monaten des Schwarzen Lochs geschehen war – hatte sie besucht. Kurz nach der Tragödie. Aus Freundschaft und Solidarität. Denn man musste doch Freunden in Not zur Seite stehen, vor allem, wenn es um eine Freundin wie Marella ging, immer liebenswürdig, herzlich und zupackend bei der Arbeit, eine Frau, die mit der Organisation von Damentennisturnieren und Gebirgstouren glänzte, klug, modern und geistreich wie keine andere in der Clique. Ihre beste Freundin. Sie musste doch einfach zu ihr gehen, so, wie sie sich gegenseitig schätzten und mochten. Doch vor allem: Wie sollte Marella das ohne sie durchstehen?

Sie hatte einen sportlichen Hosenanzug angezogen, sich sorgfältig geschminkt und war auf einen Sprung zum Friseur gegangen – lieber Himmel, Marella sollte keine ungepflegten und schluchzenden Leute um sich herum haben. Mut und Ansporn, das brauchte sie jetzt. Man musste ihren Schmerz verstehen, sie aber ermutigen, wieder aktiv zu werden. Sie herausfordern. Und sie, Costanza, hatte den nötigen Mumm dazu. Nicht wie die anderen, die das Vorhaben, zu den Santoros zu gehen – ihre heilige Trauer zu verletzen, wie Lena Corradi, diese dumme Kuh, es formuliert hatte –, nie umgesetzt hatten. Doch im Grunde missfiel ihr das nicht einmal. Wie immer würde ihr jetzt die Rolle zukommen, für die anderen den Weg zu ebnen. Sie würde den Santoros ihre Hilfe anbieten und damit den anderen die Richtung vorgeben. Doch nur ihr käme dann auch das Recht zu, mit hoch erhobenem Kopf zu erklären: »Ich bin als Erste hingegangen und habe mich bemüht, Marella da rauszuhelfen. Ich lasse mich für meine Freunde in Stücke reißen, ja, das tu ich. Ich bin dickköpfig, das ist mein Fehler, doch ich bin auch stolz darauf. Und im Grunde habe ich nur meine Pflicht getan.« Danach würde sie ihre langen Beine übereinander schlagen und mit einer raschen Bewegung verächtlich ihre schwarze Mähne schütteln – ein weiterer Punkt für dich, schöne Costanza.

Nach dem Besuch war sie jedoch eher zurückhaltend aufgetreten, an jenem Augustabend ein paar Tage später auf der Terrasse des Athenaion, wo sich die Clique wie üblich vor riesigen Grillplatten mit Fisch und Paprika traf, während ein abnehmender Mond wie ein eingedellter Ball am violettroten Himmel der Sommernacht stand. »Ich glaube, es ist noch zu früh«, hatte sie gemurmelt und auf den bis zum Rand vollen Teller gestarrt. »Wir müssen ihnen noch ein wenig Zeit geben. Sie sind sehr niedergeschlagen wegen ... wegen dieser schrecklichen Sache ... aber ich glaube nicht, dass sie es auf die richtige Art angehen«, hatte sie schließlich mit einem Aufwallen von Arroganz geendet, sich dabei auf die noch schmerzende Lippe gebissen und das lange schwarze Haar zurückgeworfen, wütend darüber, dass sie diese Niederlage hatte einstecken müssen und im Angesicht ihrer Freunde jetzt lügen und das leiernde Genuschel von Lena Corradi ertragen musste, die mit vollem Mund ein vernichtendes »Was habe ich dir gesagt?« hervorbrachte.

Unvorstellbar, dass gerade ihr das passiert war – der resoluten und zuversichtlichen Costanza, die ohne Zögern an die Tür der Santoros geklopft und sich auf ihre entschlossene und zupackende Art, die schon immer ihre Stärke gewesen war, Zugang verschafft hatte. Sie hatte schon vorher den Entschluss gefasst, Beileidsbekundungen nur wenig Raum zu geben und Alessandro mit angemessener Festigkeit die Hand zu drücken, um ihm ihr einfaches und ehrliches Mitgefühl auszusprechen. Doch die Hand, die sie dann drückte, dort im Halbdunkel des Eingangs, war ihr beinahe leblos vorgekommen, weich und feucht bei der Berührung, sodass sie so etwas wie Widerwille beschlich, von dem sie sich gleich zu befreien versuchte, indem sie ihr langes Haar schüttelte.

»Costanza?«, hatte Alessandro gestammelt und die Augen zusammengekniffen, als könnte er sie nur mit Mühe erkennen.

Sie hatte sich gezwungen, das Unbehagen zu überwinden, und ihn mit einem strahlenden Lächeln angesehen, war dann vor ihm ins Wohnzimmer gegangen, wo sie sich hingesetzt und dabei mit aller Kraft gegen den Ekel angekämpft hatte, der in ihr aufgestiegen war. Denn alles hatte sie sich vorstellen können, als sie sich auf diesen Besuch vorbereitete, nicht jedoch, diesem unerträglichen Gestank ausgesetzt zu sein. Es war ein später Augustnachmittag, draußen mindestens vierzig Grad, doch die Wohnung glich einem stinkenden Backofen. Sie hatte verständnislos auf die geschlossenen Fenster gestarrt, die Schlösser, die heruntergelassenen Rollläden, das elektrische Licht, das hier tagsüber brannte. Wie lange hatten sie keinen Hauch Frischluft mehr in dieses Zimmer gelassen?

Alessandro hatte ein paar Schritte auf sie zu gemacht, und Costanza hatte den Gestank seines ungewaschenen Körpers gerochen. Den getrockneten Schweiß in seinen Kleidern. Sie hatte sich gezwungen, nicht daran zu denken – und wage es nicht, einen Schritt aus dieser Wohnung zu tun, ohne vorher Marella gesehen zu haben! Wenn sie es nicht schaffen, sich der Trauer mit Würde und einem Minimum an Reinlichkeit zu stellen, geht dich das nichts an. Umso notwendiger ist es, dass du eingreifst. Geh unbeirrt weiter, Costanza, und sei nicht zimperlich.

»Ich kann mir vorstellen, dass es nicht leicht ist«, hatte sie zu Alessandro gesagt.

»Nein … nichts ist leicht«, hatte er ihr geantwortet und sich in den Sessel fallen lassen.

»Sie ist drüben … Danke, dass du gekommen bist«, hatte er gemurmelt, in einem Ton wie einer, der nach den richtigen Worten sucht. »Ich sage ihr, dass du da gewesen bist. Vielleicht beim nächsten Mal …«

»Ich will sie jetzt sehen, Alessandro.« Sie begann sich entschieden besser zu fühlen, trotz des Gestanks und dieser rätselhafterweise verbarrikadierten Fenster. Er war sehr niedergeschlagen … das war alles. Etwas heruntergekommen, durch den Schmerz erschüttert, doch darunter war immer noch der alte Alessandro, der ihr dafür dankte, dass sie zu Hilfe geeilt war.

»Marella …«

»Ich kann mir vorstellen, was ihr durchmacht, und ich will keine überflüssigen Worte vergeuden. Ich will Marella nur einen Kuss geben und ihr sagen, dass ich für sie da bin … egal, wofür sie mich braucht.«

Er hatte sofort nachgegeben, und bei diesem plötzlichen Nachgeben hatte Costanza das gleiche Gefühl gehabt wie kurz zuvor, als sie ihm die Hand gedrückt hatte. Warum war sie da nicht gegangen? Wieso bloß hatte sie nicht begriffen, dass die Situation außer Kontrolle geriet? War all dies nicht Warnung genug gewesen – der unerträgliche Gestank, die Wohnung mit den verbarrikadierten Fenstern, der willenlose Schatten, der nur vage an Alessandro Santoro erinnerte? Nein, sie war geblieben. So war sie nun einmal. Sie machte keine halben Sachen. Denn sie war die schönste Frau weit und breit, und die mutigste dazu. Denn alle – einschließlich Alessandro bis vor ein paar Monaten – warfen ihr feurige Blicke zu, wenn sie in ihrem champagnerfarbenen Kabrio den Corso hinunterraste. Denn sie glaubte nicht, dass man ohne sie auskommen könnte.

»Lass mich Marella guten Tag sagen«, hatte sie noch einmal gefordert – und von da an waren die Szenen wie in einem kaputten Guckkasten aufeinander gefolgt. Alessandro hatte sich müde aus seinem Sessel erhoben und war zum Schlafzimmer gegangen. Das Licht brannte, und die Fenster waren verriegelt. Marella hatte ihr den Rücken zugewandt, lehnte an einem verbarrikadierten Fenster, und Costanza sagte, ruhig und gebieterisch: »Lass mich mit ihr allein.« Alessandros Schritte entfernten sich, während Marella weiter ans Fenster gelehnt blieb, als hätte sie sie nicht einmal gehört. Arme Marella, in dieser stinkenden Wohnung, mit einem Mann, der vor Schmerz verrückt geworden war …

»Marella … ich bin es, Costanza«, hatte sie mit sanfter Entschiedenheit zu der Frau gesagt, die ihr den Rücken zuwandte. Ohne darauf gefasst zu sein, dass eine auf diese verkrampften Schultern gelegte Hand und ihr energisches »Marella … meine Liebe, ich bin es« eine solche Wirkung haben könnten. Es hatte keine Vorwarnung gegeben, nichts, nur einen Blick aus diesen trüben Pfützen, die einst zwei leuchtende Augen gewesen waren, als Marella sich ruckartig umgedreht und ihr mit ihrer schmutzigen Faust einen Schlag ins Gesicht versetzt hatte, in Costanzas wehrloses Lächeln hinein, die mit einem Schrei zurückgewichen war, eine Hand auf den Mund gepresst, blind vor Schmerz und taub vom Lärm von Marellas Fäusten, die gegen die Fensterscheibe trommelten, einem primitiven Lockruf gleich, auf den hin Alessandro aufgeregt angerannt kam.

»Was hast du ihr getan? He? Sag, was hast du ihr angetan?« Unglaublicherweise war sie es, von der Alessandro, die Hände in die Hüfte gestützt und mit hasserfülltem Blick, Erklärungen forderte. Von ihr, die mit aufgeplatzter Lippe und Tränen in den Augen dastand.

»Was ist? Hast du die Sprache verloren? Antworte! Was hast du ihr getan?« Und als er drohend auf sie zukam, hatte Costanza ein ihr bisher unbekanntes Gefühl empfunden. In diesem Zimmer, als ihr das Blut übers Kinn lief, während Marella mit den Fäusten gegen das Fenster hämmerte und Alessandro in seiner vollen Größe von einem Meter neunzig auf sie zukam, war Costanza Napolitano von existenzieller Angst erschüttert worden. Von der verheerenden Furcht, dass sie es nicht mehr schaffen würde, die Tür zu erreichen, diese Wohnung lebend zu verlassen, heil zu ihrem Kabrio zu gelangen, das sie hundert Meter vom Eingang entfernt geparkt hatte.

Sie war weiter Richtung Tür zurückgewichen, die Hände auf den Mund gepresst, bis Marella es geschafft hatte, mit einem kräftigeren Schlag die Scheibe einzuschlagen und Alessandro für einen Moment abzulenken, ihn zum Fenster zu locken, wo er sie festgehalten, sie in den Griff seiner Arme genommen und eindringlich auf sie eingeredet hatte. Da war Costanza geflohen, war über die Teppiche gestolpert, gegen die Wände geprallt, hatte einen endlos langen Augenblick gegen die Tür angekämpft, die sich nicht öffnen wollte, und war schließlich, ohne an den Aufzug zu denken, die Treppen hinuntergestürzt, war dabei ausgerutscht, hatte sich einen Knöchel verstaucht, ein Schmerz hatte sie durchzuckt, doch sie war nicht langsamer gelaufen, bis zu der weit offen stehenden Haustür, hinter der sie in einiger Entfernung bereits ihren champagnerfarbenen Golf wie eine Fata Morgana hatte auftauchen sehen.

»Was um Himmels willen ist denn mit dir passiert?«, hatte ihr Mann sie verwundert gefragt, als er nach Hause kam.

Sie hatte es ihm berichtet, noch ganz aufgewühlt, unterbrochen von Weinkrämpfen und Wutausbrüchen, und er musste ihr schwören, es keinem Menschen zu erzählen. Und während er ihre aufgeplatzte Lippe abtupfte und ihr einen Eisbeutel für den Knöchel holte, hatte Pierguido Napolitano den Namen Alessandro Santoro schon still von der Liste seiner Freunde gestrichen. Es tat ihm Leid. Alessandro war immer ein lieber Kerl gewesen, sein Schützling, fast ein Bruder. Sein Vater, Giuseppe Santoro, war fast dreißig Jahre lang der Vertrauensmann der Napolitanos gewesen, der Hüter ihres Landes und engster Vertrauter des alten Familienoberhaupts Napolitano. Pierguido und Alessandro waren zusammen aufgewachsen, hatten sich weder um soziale Schranken noch darum gekümmert, ob irgendjemand die Nase rümpfte. Dieselben Schulen, dieselben Mädchen, dieselbe Universität. Doch Unglück bringt auch die Besten aus dem Lot. Und das, was Costanza geschehen war, konnte nicht hingenommen werden. Er würde Alessandro nicht direkt angehen, das hätte im Ort keinen guten Eindruck gemacht. Er würde ihn auch weiter grüßen. Er würde sich darauf beschränken, die geplante Ad-hoc-Genehmigung der Variante des Bebauungsplans zu blockieren, mit der ein Grundstück der Santoros begünstigt worden wäre. Natürlich tat es ihm Leid, weil Alessandro schon seit einer Weile auf diese Genehmigung wartete und er ihm versichert hatte, sie sei nun, nach dem Sieg bei der Gemeindewahl, garantiert, ganz davon zu schweigen, dass Alessandro sich im Wahlkampf sehr für ihn eingesetzt hatte. Doch Alessandro hätte niemals Costanza mit hineinziehen dürfen. Pierguido Napolitanos Frau war unantastbar – wie alles, was ihm gehörte. Nicht aus Rache, sondern nur aus Prinzip verdiente Alessandro Santoro eine Lektion.

Sie hatte geträumt, es wäre Weihnachten. Im Wohnzimmer stand ein enormer Tannenbaum, viel größer als die in den vergangenen Jahren, die schon beachtliche Dimensionen gehabt hatten. Doch dieser war riesig, und der Harzgeruch, den er verströmte, ließ mehr an den Duft eines Gebirgswaldes als an den einer einzelnen Tanne denken. Unter dem Baum lagen zwei große Schachteln, offensichtlich die Geschenke für Elisa und Iacopo, die sie wieder und wieder rief, vergebens. Warum hörten die Kinder sie nicht? War es möglich, dass sie weggegangen waren, ohne ihr etwas zu sagen? Dann kam Alessandro, zusammen mit Emma. Sie hatten ein Päckchen für sie. Rasch packte sie es aus, voller Neugierde ... doch drinnen war nur eine Schachtel mit Pillen. Was war das für ein Geschenk? »Von Costanza«, sagte Alessandro zu ihr. »Sie wollte dir Gläser schenken«, fügte Emma hinzu, »aber sie hat keine gefunden.« Sie hätte gern die Geschenke für die Kinder aufgemacht, doch Alessandro und Emma hinderten sie daran, indem sie die großen Schachteln im Zimmer hin und her schoben. »Kinder!«, rief sie. »Eure Geschenke! Ich kann sie nicht ohne euch aufmachen!« Sie war besorgt, aber auch froh. Es war ja Weihnachten, und sie konnte sich nicht daran erinnern, je einen so schönen Baum gehabt zu haben, übersät mit Lichtern, mit kleinen Leuchträdern, die sich funkelnd drehten, ohne zu verbrennen, bunten Lichterketten vor dunkelgrünen Tannennadeln, ein lustiges Geknister, das sich mit dem hellen Klang der Christbaumkugeln vermischte. Da läutete es an der

Tür. Sie wusste mit Sicherheit, dass es ihr Schwiegervater war, öffnete und sah sich ihrer Mutter gegenüber, die einen Korb voller Rosen auf den Armen trug. »Wo hast du die Rosen her? Wir haben doch Weihnachten«, sagte sie. »Nein, Marella, Weihnachten ist Gott sei Dank vorbei, heute ist Maifeiertag.« Dann stand ihre Mutter beim Tannenbaum. Es war niemand mehr im Zimmer. Mit einer riesigen Schere – die sie schaudern ließ, weil sie wie eine Geburtszange aussah – zerschnitt ihre Mutter die Bänder der großen Schachteln, packte sie aus und nahm die Deckel ab. Es waren keine Puppen, Eisenbahnen oder Teddybären darin. Der Baum strahlte im Dunkeln, als sie sich hinunterbeugte, um in die Schachteln zu sehen, in denen ihre Kinder schliefen …

»Weihnachten, Weihnachten!«, kreischte Iacopo und trommelte ihr mit seinen kleinen Händen rhythmisch ins Gesicht, während der Traum zerplatzte.

»Nicht so laut, Schatz …«, murmelte Marella. »Du weckst mich ja auf. Ich habe gerade geträumt, dass ihr unter dem Weihnachtsbaum liegt.« Sie fuchtelte herum, um die letzten Schatten des Schlafs zu vertreiben. »Doch es war kein schöner Traum. Du und Elisa, ihr habt geschlafen … ihr habt so komisch geschlafen … und die Oma war da …«

»Frohe Weihnachten!«, rief Iacopo und gab ihr einen Kuss. »Ich gehe zu Papa und sage ihm guten Morgen.« Er rutschte vom Bett und rannte aus dem Zimmer.

»Aber heute ist nicht Weihnachten … wir haben Mai«, murmelte Marella und rieb sich die Augen. Dann starrte sie mit großen Augen ins helle Tageslicht. *Frohe Weihnachten!* Sie stand mit einem Ruck auf, stürzte aus dem Schlafzimmer. *Ich gehe zu Papa …*

Sie riss die Badezimmertür auf.

»Frohe Weihnachten«, sagte ihr Mann, das Gesicht voller Seifenschaum und den Rasierapparat in der Hand.

Nicht schreien. Bleib ruhig. Wehe, du machst einen falschen Schritt. Gib Acht, Marella, gib Acht. Sie lehnte sich an den Türrahmen, die geballten Fäuste hinter dem Rücken, und kämpfte gegen den Schwindel an, der grünliche Schnörkel vor ihren Augen erscheinen ließ.

»Was ist los? Du bist blass ...«

»Nichts ... ich habe schlecht geträumt.« Ein Traum, eine Halluzination, wie lange wollen wir noch darum herumreden? Die Kinder wollen zurück ... Die Kinder kommen zurück, Alessandro, kann es sein, dass nur du sie nicht siehst?

»Ah ja.« Ihr Mann seufzte mit dem Ausdruck äußerster Geduld.

»Na jedenfalls ... frohe Weihnachten«, murmelte sie. Denn es war nicht Mai, wie sie bei ihrem wirren Erwachen gemeint hatte. Es war wirklich Weihnachten. Doch es lagen keine Schachteln unter dem Weihnachtsbaum. Er war auch nicht mit funkelnden Leuchträdern geschmückt. Es gab gar keinen Baum. Es schien irgendein beliebiger Tag, und doch hatte Iacopo sie geweckt, um ihr frohe Weihnachten zu wünschen! Sie fühlte noch seinen warmen Kuss auf der Wange ... Sie öffnete die Fäuste hinter ihrem Rücken. Ihre Hände waren brennend heiß. Sie meinte zu versinken ...

»Geht es dir jetzt besser?« Die Stimme ihre Mannes drang aus großer Entfernung zu ihr. Iacopo ist da gewesen, um uns frohe Weihnachten zu wünschen, und du hast ihn nicht gesehen, *du hast ihn nicht gesehen!* Und ich ... ich war so in meinem Traum versunken, dass ich alles durcheinander gebracht habe ...

Und doch könnte alles so logisch, so normal sein. Sie hatte einen Albtraum gehabt, in dem den Kindern etwas passiert war. Sie schliefen auf komische Art in den Geschenkkartons. Doch da war Iacopo gekommen, um sie aus dem Albtraum zu holen, hatte sie fröhlich geweckt, ganz aufgeregt, weil es ein besonderer Tag war. Gewiss, alles normal, wenn da nicht diese kleine Besonderheit wäre, dass die Kinder tot waren und Iacopo sie also nicht aus dem Albtraum wecken konnte. Sie musste von einem Traum in einen anderen hinübergeglitten sein, in dem Iacopo sie weckte und ihr frohe Weihnachten wünschte – und der Kuss, der warme Kuss auf der Wange –, um dann wirklich aufzuwachen und sich in einer Realität wiederzufinden, die schlimmer als jeder Albtraum war.

»Marella!« Alessandro ließ den Rasierapparat fallen und fing sie auf, bevor sie zu Boden sank.

Er hob sie hoch und trug sie auf die Couch, lief in die Küche, um Wasser zu holen. Als er ihr Gesicht befeuchtete, schlug sie endlich die Augen wieder auf.

»Geht es dir besser? Willst du einen Schluck Wasser?«

Marella trank langsam, mit kleinen Schlucken. Sie war ein bisschen außer Atem, als wäre sie gelaufen, und Alessandro musste an Elisa denken. Elisa hatte diese gleiche Art zu keuchen, wenn sie aus einem bösen Traum erwachte und zu ihrem Papa kam, um ein Glas Wasser zu bekommen und ganz lieb gestreichelt zu werden. Er setzte sich auf die Couch, hob Marella ein wenig hoch und legte sie auf seine Knie. Er wiegte sie langsam, doch es war, als hielte er ein Schattenwesen in den Armen, das ihm wie Nebel zwischen den Fingern entglitt. Aber wenn er die Augen schloss, hatte er das Gefühl, Elisa zu streicheln. Frohe Weihnachten, Schatz, das ist das letzte Weihnachten, das dieser verdammte Scheißkerl auf der Erde verbringt … Das verspreche ich dir, und du weißt, dass Papa sein Versprechen immer hält.

Sie hatte die Fotos nicht vergessen. Auch wenn es fast passiert wäre, als Elisa überraschend aufgetaucht war. Sie hatte später daran gedacht, und um ein Haar hätte Alessandro sie gefunden, als er früher als sonst nach Hause kam. Jetzt waren sie in

Sicherheit, auf dem Hängeboden vom Bad, kostbar wie eine lebenslange Garantie für irgendetwas.

Doch sie musste vorsichtiger sein. Alessandro witterte schnell etwas. Und der Zusammenbruch an Weihnachten war ein Fehler gewesen, auch wenn er sich in Grenzen hielt. Er hatte sofort eine Gegenmaßnahme bewirkt, allerdings beschränkt und ganz und gar nicht mit dem vergleichbar, was zu erwarten gewesen wäre, hätte sie gesagt: »Iacopo ist heute Morgen gekommen, um mir frohe Weihnachten zu wünschen!«

Sie war schlau gewesen. Doch nicht schlau genug. Der Angriff war mit einem Besuch von Franco Sesta eröffnet worden. Nichts besonders Unangenehmes. Die üblichen Ratschläge. Ein paar Beruhigungsmittel. Ein Spaziergang. Du musst an einem der nächsten Abende mit uns zusammen essen gehen. Emma würde gern häufiger ins Kino gehen, aber sie findet nie eine Freundin, die Zeit und Lust hat, könntest du sie nicht begleiten? Ausgehen, ausgehen, ausgehen, darauf reduzierten sich inzwischen die Empfehlungen des Großen Rats. Iacopo, Elisa, Unfall, Tod, Schmerz standen ganz oben auf der Liste der verbotenen Wörter. Dafür gab es eine Liste der empfohlenen Wörter: ausgehen, Abendessen, Kino, sich amüsieren, Friseur, Prozac, Einkäufe, wieder arbeiten. Dazwischen war etwas Vages wahrzunehmen, etwas, das sich niemand auszusprechen traute. Alle schlichen darum herum, erkundeten das Terrain, erkannten, dass es unsicher war, und gaben die Idee mit einverständlichen Blicken untereinander weiter.

Der fragliche Ausdruck klang wie »neues Kind«. Marella nahm ihn als Unterton wahr, wenn sie redeten. Er schwang undeutlich in einem gutmütigen Vorwurf mit. Sie erkannte ihn in dem feindseligen Blick ihres Mannes wieder, wenn sie ihn im Dunkel des Schlafzimmers zurückwies. »Warum?«, fragte er, mit jenem verletzten Stolz, der seine Annäherungsversuche noch unerträglicher machte. Als würde sie ihm etwas vorenthalten, das ihm zustand. Sie, der man in einem einzigen Augenblick alles genommen hatte.

Nach diesem zutiefst traurigen Weihnachten hatte die Situation einen Wendepunkt erreicht. Es war Alessandro gewesen, der das Ganze nach den wiederholten, demütigenden Versuchen der letzten Nächte beschleunigt hatte. Am Abend von Dreikönig, während sie mit der Fernbedienung von einem Sender zum anderen schaltete, hatte Alessandro plötzlich im Wohnzimmer gestanden, ausgehfertig und mit den Autoschlüsseln in der Hand.

»Ich gehe zu den Corradis«, hatte er gesagt – und war auch schon an der Wohnungstür gewesen. »Warte nicht auf mich. Wir spielen die ganze Nacht Karten. Bis morgen.« Und schon war er weg gewesen, in der winterlichen Dunkelheit verschwunden, in seinem elegantesten Anzug und eine Duftwolke seines Parfüms hinterlassend.

Sie war sprachlos gewesen. Um die Wahrheit zu sagen: Ihr Mann hatte ihr auch gar nicht die Zeit gegeben, etwas zu äußern. Bis sie sich von ihrem Erstaunen erholt hatte, war er sicher schon auf dem Weg zur Villa der Corradis gewesen – einmal angenommen, er hatte wirklich Corradi gesagt, denn sie war nicht einmal sicher, ob sie ihn richtig verstanden hatte.

Er war ausgegangen. In der Nacht von Dreikönig. Und hatte sie allein gelassen. Was hast du erwartet? Dass er sich damit zufrieden geben würde, dir für den Rest des Lebens vor dem Fernseher die Hand zu halten? Dass er weiter auf dem verminten Pfad zwischen verbotenen und erlaubten Wörtern bleiben würde? Dass seine Trauer so lange dauern würde wie die deine? Gegangen. Ausgeflogen. In seinem teuersten dunklen Anzug. Geleckt und parfümiert. Aber er hatte sie gewarnt, flüchtig … nein, man musste gerecht sein, nicht flüchtig. Sie hatte allenfalls flüchtig zugehört. Einige Tage zuvor, sie wusste nicht mehr genau, wann, hatte er gesagt: »Wir haben eine Einladung für den Abend von Dreikönig. Was meinst du?« Sie hatte mit den Schultern gezuckt und den Kopf geschüttelt. Das hatte genügt. Doch sie war sich sicher, dass ihre Ablehnung für sie beide gelten würde! Dass es überflüssig sei, dies überhaupt zu erwähnen. Aber nein, wie es schien, hatte er lediglich Lena Corradi, oder wer auch immer sie eingeladen hatte, mitgeteilt, dass *sie* nicht kommen werde, doch dass man mit ihm rechnen könne! Arschloch. Herausgeputzt und parfümiert wie eine Nutte. Es gelang ihr nicht, diesen Ausdruck wieder aus ihrem Kopf herauszubringen. Er, der nie einen Schritt ohne sie getan hatte. Der nicht mal zum Mittagessen zu seiner Familie allein ging! Der immer, wenn ihn einer damit aufzog, sagte, er sei ein Familienvater – doch damals waren sie eine Familie ... das war der springende Punkt. Quasi aus Versehen war sie darauf gekommen. Eine parfümierte Hure oder ein Familienvater. Und die Alternative hing von ihr ab.

Sie übertrieb, und das wusste sie sehr gut. Alessandro hatte das Recht, einmal einen Abend auszugehen, nachdem er sie monatelang gebeten hatte, ihn zu begleiten. Und vielleicht hätte er sich auch damit zufrieden gegeben, neben ihr vor dem Fernseher zu sitzen, wenn sie nur bei dieser Idee nachgegeben hätte, der Idee von dem »neuen Kind«.

Das Problem war, und hier erlaubte sich Marella ein seltenes Lächeln, dass dies überhaupt nicht in Frage kam. Weder das Ausgehen – die Kinder konnten jeden Moment zurückkommen, um sie zu besuchen! – noch das »neue Kind«. Es gab keine Zukunft, nirgendwo, denn ihre Kinder waren nicht mehr da. Es gab keine Kinder mehr auf der Welt, das war alles. Die Fabrik war geschlossen, der Artikel ausverkauft. Und Alessandro war ausgegangen. Er hatte sich verabschiedet wie ein eleganter Fremder, der zufällig vorbeigekommen war, und bei ihr damit eine wütende Eifersucht ausgelöst, die sie unbedingt bewältigen musste. Wenn er mit Iacopo und Elisa abgeschlossen hatte, hatte er auch mit ihr abgeschlossen. Also musste sie mit ihm Schluss machen, wie schmerzlich das auch für sie sein mochte.

Es war keine schwierige Entscheidung. Es war nicht einmal eine Entscheidung. Wie jede gute Mutter hatte sie ihren Platz an der Seite der Kinder.

Sie schaltete den Fernseher aus, ging sachte in die Küche. Das halbe Glas Cognac, das sie sich erlaubte – sie hatte nach der Geburt der Kinder aufgehört zu trinken –, brannte ihr in der Kehle, doch es vertrieb die Kälte und wärmte ihr den Magen.

Sie dachte an Alessandro, der heiter und parfümiert das festlich geschmückte Haus der Corradis betrat. Und dann verscheuchte sie den Gedanken wie eine lästige Septemberfliege. Sie sollte froh sein. Alessandro ließ ihr freie Bahn. Auch sie würde ihre Dreikönigsnacht haben und beschenkt werden.

Sie trank den letzten Schluck Cognac und ging ungeduldig ins Bad, zog den Stuhl hinter sich her. Der kostbare Schatz auf dem Hängeboden erwartete sie. Die lebenslange Garantie, die der wahren Liebe.

Ein bleierner Himmel hing über dem Steinbruch. Grau und geschlossen. Der Horizont lastete auf dem von Bulldozern ausgehöhlten Berg und der kümmerlichen Vegetation: vereinzelte Büschel, die hier und da am Rand der Grube wuchsen. Früher, als der Felsen sich noch unberührt in die duftende Luft erhoben hatte, von einem sanft zum Strand hin abfallenden Pinienwald überzogen, war er nach der Schule zum Spielen hierher gekommen. Nicht mit Salvatore Corradi oder Michele Cardano – dies waren spätere Freundschaften, die er sich nach und nach aufgebaut, Stück für Stück erobert hatte. Die Söhne der hohen Herren, ja: der hohen Herren, sie spielten nicht mit den Kindern aus den armen Vierteln. Sie gehörten zum unantastbaren Kreis der Landbesitzer, der Reichen. Wie hatte er sie damals beneidet. Michele Cardano, der schon mit dreizehn auf einer Guzzi 500 duch die Gegend raste, ein Geschenk von Papa für ein jämmerliches »Ausreichend« im Zeugnis. Salvatore Corradi, der sagenhafte Feste – erzählten jedenfalls die anderen – auf seinem Landgut organisierte, und sogar Pferderennen. Luigi Santovito, dieser rüpelhafte Dickwanst, den sein Vater, wenn er ihn auf der Straße traf, mit einem ehrerbietigen »Don Luigi« grüßte und dabei den Kopf neigte. Und Baby Perri, ja besonders Baby, mit seinen in der Sonne leuchtenden blonden Locken, von engelsgleicher Schönheit, gekleidet in schicke weiße Hosen und umgeben von Scharen von Mädchen, die schon in der Grundschule verrückt nach ihm waren …

Er hatte damals andere Freunde, Söhne von Fischern, Straßenarbeitern und Bauern, höchstens einmal aus Arbeiterfamilien wie seiner eigenen. Mit der erstaunlichen Ausnahme von Pierguido Napolitano, der immer kam, um mit ihnen zu spielen. Pierguido war mit allen gut Freund und schlug sich mit allen, sogar mit den Söhnen der Sciancato, die sie selbst verachteten, weil sie kaum mehr als Bettler waren – am Ende jeder Schlägerei verschenkte er dann Bonbons, und man merkte nichts davon, dass seine Familie dreihundert Hektar Weinberge besaß und sein Onkel Bischof war. Er war praktisch ihr Anführer, doch er zeigte sich bereit, das Kommando abzugeben, wenn auch nur für begrenzte Zeit, damit die anderen zufrieden waren. Für die anderen Kinder war er der Größte, und als er mit zwanzig Jahren in die Politik ging, hatte er seine Prätorianergarde schon beisammen und wusste, wo man sich Stimmen holte. So war er. Und er war mit allen gut Freund geblieben, nur mit Alessandro Santoro nicht mehr, der doch sein Herzensbruder gewesen war. Nicht mehr nach dem, was Costanza geschehen war.

Der Steinbruch lag still in der Januarkälte, wie ausgestorben. Doch er erinnerte sich an den Tag seines wahren Todes, als all die Sprengladungen gleichzeitig hochgegangen waren, wie ein gigantisches Feuerwerk, und den ersten Felsgrat in die Luft gejagt hatten. Er war schon um die zwanzig gewesen, und sein gesellschaftlicher Marktwert war deutlich gestiegen, sodass er mit Luigi und Pierguido gekommen war, um sich das Spektakel anzusehen … Kubikmeter um Kubikmeter von lebendem Fels zertrümmert, um der Bauwirtschaft an der kalabrischen Küste einen Aufschwung zu bescheren. Falls man das Aufschwung nennen wollte, was dann kam: ganze Wälder aus hoch in den Himmel ragenden Pfeilern, eine Orgie gieriger Geschäftigkeit, die eine Revolution anzukündigen schien. Pfeiler, die nie eine Decke stützen würden, errichtet wie Kreuze über Wohnungen, die nie fertig werden sollten. Ein ganzer Friedhof aus Pfeilern. »Was hast du erwartet?«, hatte sein Vater vor wenigen Jahren eines Abends gegrummelt. »Man hat keine Zeit mehr in diesem verdammten Land, man hat für nichts mehr Zeit.«

Man hatte auch keine Zeit mehr, an die Vergangenheit zu denken. Alessandro saß auf einem Felsvorsprung und steckte sich eine Zigarette an, verjagte die Gespenster des Steinbruchs und warf einen Blick auf die unter ihm verlaufende Straße, die bis zum Meer führte. Keine Spur von einem Auto, nur diese regungslose Luft, wenn sich ein Gewitter nähert. Und das Verlangen, das wie ein Gewicht auf seinem Herzen lastet. Nicht einmal bei seiner ersten Verabredung mit einer Frau war er so aufgeregt gewesen. Als ginge es ums Vögeln, dachte er und lächelte. Und wieso nicht? Muss ich ihn im Grunde nicht ficken, diesen Scheißkerl? Doch es hieß, Geduld zu haben und die Sache gut zu machen. Ich werde dir in gleicher Münze heimzahlen, was du mir angetan hast. Hatte sich nicht auch Napolitano so verhalten? Du versetzt meine liebe kleine Frau in Angst und Schrecken, und dafür kannst du die Variante im Bebauungsplan vergessen. Keine Chance mehr auf einen Riesengewinn beim Verkauf, mein Lieber, Unglück hin, Unglück her. Und alles ganz heimlich, still und leise, ohne ein Wort der Erklärung. Na prima. Ganz richtig, da draußen herrschte schließlich das Gesetz des Dschungels.

Er musste lachen. Er hustete, sog genussvoll das Nikotin der Marlboro ein. Nie mehr die stinkenden Nazionali seiner Kindheit. Die Vergangenheit durfte man nicht verklären, sondern musste sie vergessen – ausgenommen diesen dunklen Teil, den Scheißkerl in seinem dicken Auto, den gedankenlosen Scheißkerl, der Blut an den Händen hatte und in der Gewissheit, nicht entdeckt zu werden, ruhig schlafen konnte.

Die Ermittlungen. Sollte man das Ermittlungen nennen?

Zwei vertrottelte Carabinieri, die nicht einen einzigen verlässlichen Zeugen gefunden hatten. Er erinnerte sich gut an das kleine Zimmer, wo das Ganze abgeschlossen worden war, dort auf der Polizeiwache. Kein sicherer Zeuge ... am helllichten Tag, bei Schulschluss, als mindestens hundert Leute unterwegs waren! »Verstehen Sie, diese neuen Nummernschilder, die kann man sich schlecht merken. Jedenfalls hat niemand die Nummer aufgeschrieben. Kurz gesagt: Niemand hat irgendetwas gesehen, Dottor Santoro.« Und er, dort in diesem Zimmer eingeschlossen, musste sich diesen Blödsinn anhören und darum flehen, dass sie ihm helfen sollten, während er immer wieder an Marella dachte, die er ans Bett gefesselt zurückgelassen hatte, um sie daran zu hindern, sich die Kehle durchzuschneiden.

Kein verlässlicher Zeuge. Vielleicht handelte es sich um einen Volvo ... nein, einen Regata. Einen Mercedes. Er war blau. Er war metallicgrün. Er war schwarz wie die Nacht unserer Albträume. Er war blau wie das Meer in den Träumen der anderen. Es war ein Auto. Zumindest das war sicher. Es hatte getönte Scheiben, schwer, den Fahrer zu erkennen. Bestimmt war es ein Drogenabhängiger, der nicht wusste, wohin. Eine Frau mit langen blonden Haaren. Ein Transvestit. Einer von außerhalb. Ein Marokkaner. Ein Zigeuner. Ein Herr im Zweireiher »Letztendlich könnte ich es sogar selber sein!«, war es aus Alessandro herausgeplatzt, und er hatte diesem angetrunkenen Brigadiere Sacco die ganzen Papiere ins Gesicht geworfen.

Idioten, und dann auch noch beleidigend: »Dottor Santoro, was wollen Sie machen? Wir sind hier in Kalabrien.« Doch das war Schnee von gestern. Jetzt spielte bald eine andere Musik. Er hatte sich den richtigen Leuten anvertraut. Der Preis – da täuschte er sich nicht – würde hoch sein, vielleicht sehr hoch. Doch das war nicht wichtig. Ein Name und eine

Tarnung. Und um den Rest kümmere ich mich. Und dann zur Verfügung, für immer zur Verfügung … bis der Tod ihn befreien würde. Amen.

Er hörte, wie sich hinter ihm jemand räusperte, und fuhr herum. Er hatte nichts bemerkt. Keinen brummenden Motor, keinen rollenden Stein. Nichts. Der Mann sah aus wie ein bescheidener Bankangestellter, ältlich und grau angezogen. Er hatte ihn noch nie zuvor gesehen, weder im Dorf noch in der Umgebung, und das war eine Unstimmigkeit, soweit er etwas über Geschäfte dieser Art wusste. Er musste auf der Hut sein, irgendetwas war komisch, oder …

»Die Sache ist geprüft worden. Es ist nicht leicht gewesen. Doch wir lieben Kinder. Es ist gebilligt worden. Heute in vier Monaten bekommen Sie die Information. Das Trauerjahr muss respektiert werden. Sie können den Wecker stellen, wir sind genau. Zur gegebenen Zeit werden wir uns melden. Weitere Kontakte sind nicht nötig. Im Augenblick ist das alles. Jetzt drehen Sie sich bitte um. Zählen Sie bis zwanzig, und gehen Sie dann weg.«

Die ersten Regentropfen fielen, als Alessandro aufhörte zu zählen. Er machte ein paar unsichere Schritte, ging dann rasch zur Straße, ohne sich umzudrehen. Es war alles so schnell gegangen, dass es ihm fast wie eine Halluzination vorkam. Er erreichte das Auto und sah sich endlich um. Niemand. Es fiel jetzt ein heftiger Regen, der sein Haar und die Kleider durchnässte. Er spürte, wie ihm übel wurde, die Spannung, die plötzlich nachließ, nach Monaten des Wartens … der Kontakt. Die Sache war geprüft und gebilligt worden. »Sie können den Wecker stellen, wir sind genau.« Vier Monate, von jetzt an. Übelkeit stieg in ihm hoch. Er schaffte es gerade noch, sich nach vorn zu beugen. Betrachtete die Lache aus Erbrochenem, die der Regen schon vom Asphalt wusch.

Er erhob sich wieder, die Übelkeit war verschwunden. Er

öffnete die Wagentür und ließ sich in den weichen Ledersitz fallen, drehte den Zündschlüssel um, der Motor startete. Vier Monate. Ein Winter des Wartens. Des ruhigen, konzentrierten Wartens, bevor die große Jagdsaison eröffnet würde. Und logischerweise waren die vier Monate Ende Mai zu Ende. Am ersten Todestag der Kinder. Eine sehr lange Zeit, wenn man recht darüber nachdachte. Er hatte geglaubt, es würde eine Sache von Tagen, von Monaten sein, doch es galt, das Trauerjahr zu respektieren… natürlich. Oder? Statt Blumen gute Werke. Und die Welt von einem Scheißkerl zu befreien, war das vielleicht kein gutes Werk?

Maifeiertag. Ihre Mutter mit den Armen voller Rosen. Und die schreckliche Schere, lang und scharf, die aussah wie eine Geburtszange. Maifeiertag. Und ihr Vater, der auf einer Bohrinsel arbeitete, dort unten im Arabischen Golf. Ein magisches Wort für ein kleines Mädchen, das sich darunter eine Insel mit Palmen und Zelten vorstellte, und ihren Vater im größten Zelt, seltsam gekleidet und von exotischen Sklavinnen umgeben, die sich in den Hüften wiegten. Ihr Vater, der Arbeiter mit dem sonnenverbrannten Gesicht, der einmal im Jahr nach Hause kam, in den Sommerferien. So hatten ihre Mutter und sie sich damit abgefunden, Geburtstage, Namenstage und andere Feste allein zu feiern.

Ihre Mutter und sie, immer zusammen. Lern, Marella, lern, du sollst es einmal besser haben, du bist mein Liebling. Ich will nicht, dass mein schönes Mädchen den ganzen Tag lang nähen muss und sich die Augen dabei verdirbt, wie ich es tu. Lern, Marella, dann hast du einen Beruf, wenn du groß bist, und heiratest einen Dottore und bist eine Dame. Lern, Marella, tu es für uns. Und genau dies hatte sie getan. In einem Zug, bis zum Diplom, Politikwissenschaften, bis zur Heirat mit dem Dottore, bis zur leitenden Funktion für die Vergabe von öffentlichen Aufträgen bei der Gemeinde. Ein Aufstieg, ohne Luft zu holen, mit geballten Fäusten und einem Lächeln auf den Lippen. Dann waren die Kinder gekommen.

Sie hätte ihre Mutter anrufen sollen, seit Wochen hatten sie nichts voneinander gehört. Ihre Mutter, die in guten Verhältnissen lebte, zusammen mit ihrem Mann und in einem schönen Haus. Und die nicht mehr bei Verstand war, seit das Unglück geschehen war. Den ganzen Tag lang nuschelte sie sinnlose Litaneien. »Arme Frau«, hatte eine Nachbarin zu Marella gesagt, als sie zum letzten Mal zu Besuch gekommen war. »Ich bringe ihr oft ein wenig Essen. Was für ein Leid … sie war die rührigste Frau im Dorf und die geschickteste Schneiderin, und gerade jetzt, wo sie ein wenig Ruhe verdient hätte. Sieh sie dir an … was für ein großes Unglück ist auf euer Haus niedergegangen, was für ein großes Unglück«, und sie hatte ein Kreuzzeichen gemacht, das wie eine Beschwörung aussah.

Sie hätte ihre Mutter anrufen müssen. Doch sie schaffte es nicht. Ihre Mutter war am Telefon monoton, sie wiederholte die ganze Zeit die gleichen Dinge – furchtbare Dinge, am liebsten hätte man losgeschrien. Marella schien, als hörte sie diese Dinge auch jetzt. »Konntest du denn an dem Tag die Kinder nicht von der Schule abholen? In dein schönes Auto steigen und sie abholen? Oder mit ihnen rausfahren, einen Ausflug machen. War das nötig, sie in die Schule zu schicken? Mussten sie denn jeden Tag in die Schule? Ihr hättet sie zusammen abholen können, du und Alessandro. Vielleicht zu mir bringen, dann wäre nichts passiert. Ich hätte gefüllte Pasta gemacht und Maitorte. Das wäre für mich doch keine Mühe gewesen. Und sie hätten sich gefreut. Kinder kann man doch so leicht glücklich machen. Aber ihr habt ja immer nur an die Schule gedacht. Was soll man da tun? Ich kann nur Ratschläge geben. Man will sich ja nicht einmischen. Jeder muss Herr im eigenen Haus sein. Aber wenn Alessandro zu seinem Mandanten musste, hättest du sie doch abholen können, oder? Oder wenn es bei dir wirklich nicht gegangen wäre, hätte er dann nicht hinfahren können? Das wären doch keine Umstände gewesen. Er hätte sich ein bisschen früher ins Auto gesetzt und …«

Sie konnte ihre Mutter nicht anrufen, sie hielt es nicht aus, ihr zuhören. Ihr Vater ertrug das den ganzen Tag, sein Geist so wach wie der eines jungen Mannes, die Augen trocken vom vielen Weinen.

Die Gedanken ihrer Mutter waren wie eine Platte, die hängen geblieben war. Die über eine bestimmte Stelle nicht hinauskam und sich endlos drehte. Und doch entdeckte Marella, dass ganz weit unten in diesem Dunkel etwas aufleuchtete, eine eiserne Klammer, die das wirre Gefasel ihrer Mutter zusammenhielt. »Habe ich dich je allein gelassen?« Diese Worte, nie ausgesprochen, bildeten das wiederkehrende Motiv ihrer Litanei, eine Art Freispruch von jeder Verantwortung, fast so etwas wie ein Trost in dem verheerenden Gefühl, das sie erfüllte.

Sie konnte sie nicht deshalb nicht anrufen, weil ihre Mutter verrückt war, sondern weil sie sie selbst verrückt machen würde. Du hast nicht Acht gegeben und hast die Kinder verloren. Du warst so gewöhnt daran, sie immer in deiner Nähe zu haben, dass du sie vergessen hast, und so sind sie verloren gegangen … *und deshalb* ist es deine Schuld. Deine Schuld. Deine Schuld. Und da hilft kein Prozac, es gibt keine dauerhafte Ablenkung, so klar ist deine Schuld.

Doch die Kinder sind wieder da, sie sind zurückgekommen. Sie haben dir vergeben, die Schuld hebt die Liebe nicht auf. Und *sie* haben dich lieb. – »Iacopo, wie lieb hast du die Mama?« »Ganz groß lieb.« »Wie ganz groß lieb?« »So groß wie das Meer … nein, noch mehr, wie der ganze Ozean … nein, wie der Himmel, mit allen Sternen, den Raumschiffen und der Mannschaft der *Enterprise*!« – »Alessandro, weißt du, was

Iacopo heute zu mir gesagt hat? Dass er mich so lieb hat wie die Mannschaft der *Enterprise.*« »Papa, das stimmt nicht, ich habe gesagt, so groß lieb, wie der Himmel ist … aber mit den Sachen, die im Himmel sind, stimmt's, Papa? Man muss genau sein …« »Und Elisa, wie lieb hat sie ihren Papa?« »Lieber, als Iacopo ihn lieb hat!«

Die Kinder sind wieder da – vergiss es, niemand kommt zurück, nicht von dort, es ist eine Halluzination gewesen … und von Iacopo hast du geträumt. Sein warmer Kuss auf der Wange … du lagst im Bett, hast geschlafen, bist von einem Traum in einen anderen geglitten. Oder willst du vollkommen verrückt werden? Hör auf den Großen Rat, nimmt Prozac, und geh zum Friseur. Nein, Marella, hör nicht auf die; sie werden dich noch einmal ablenken. Erinnere dich an mich, an die Mairosen, die ich dir gebracht habe. Hast du das Patronatsfest vergessen? Du hattest solche Angst vor den Böllern … was hättest du ohne mich getan? Eine Mutter ist alles, was ein Kind braucht. Erinnere dich daran, und an die Torte, die ich dir zum Maifest gebacken habe … Eier, Mehl und Milch und eine dicke Glasur mit Rosenblättern oben drauf. Alles kann immer noch so werden, wie wir es uns wünschen. Das Leben ist nicht gut … aber wir schon. Und wir können es besiegen.

»Einen solchen Besitz gibt man nicht einfach so weg«, beharrte Franco. »Ich könnte … ich selbst könnte dir helfen, Landarbeiter zu finden, und Alessandro könnte …«

»Ich habe doch keine Wahl«, entgegnete Emma. »Wenn es ein kleines Grundstück wäre, aber …«

»Emma hat Recht«, lautete die Schlussfolgerung Alessandros, der auf dem Lattenzaun am Eingang des Besitzes Battistini saß, ein endlos scheinender Olivenhain, der sich unter der orangeroten Februarsonne erstreckte. Der Besitz Battistini, Emmas Land, stand zum Verkauf. Das Ende eines Mythos. Und einer Welt. »Hätte ich das Land der Battistini.« Die junge Stimme seines Vaters, wenn er bei geschmorten Paprika in Schweineschmalz die Armut verdammte. Der Mythos stand zum Verkauf, und er sollte die Sache abwickeln. Natürlich würde er die Angelegenheit offiziell einem Makler übergeben, den Verlauf aber trotzdem genau im Auge behalten. Nicht dass er daran verdienen wollte … auch wenn er natürlich etwas daran verdienen würde. Doch darum ging es nicht. Das Schicksal des Besitzes war sowieso im letzten Herbst besiegelt worden, als Emmas Onkel gestorben war, der sich seit mehr als dreißig Jahren darum gekümmert hatte.

»Es scheint mir trotzdem eine vorschnelle Entscheidung«, bekräftigte sein Cousin hartnäckig.

Alessandro lächelte still in sich hinein und entfernte sich ein paar Schritte, um Emma und Franco Gelegenheit zu geben, unter vier Augen miteinander zu sprechen. Sein Cousin hatte es schlecht aufgenommen, das war unübersehbar. Emma und ich, ich und Emma … Er wusste gut, wohin es führte, wenn man so redete. Vor mehr als einem Jahr, schon vor der Tragödie, hatte Franco begonnen, für sich und Emma den Plural zu benutzen, und sie schien einverstanden, schien in dieser für sie typischen Art still einzuwilligen, nur dass sie sich dann, bei dem ersten Anzeichen von einem Vertiefen der Beziehung, von »emotionalem Surplus«, wie sie es nannte, entzog.

Sie war immer noch so wie die Fünfzehnjährige mit Nickelbrille und langen Haaren, die ihn als Erste in der Clique akzeptiert hatte – in dieser geschlossenen Gesellschaft, die gute Miene zum bösen Spiel machen musste, als Pierguido Napolitano mit frechem Gesicht und breitestem Lächeln Alessandro Santoro mitgebracht hatte. »Der gehört doch nicht zu uns. Das ist ein Hungerleider und Sohn von Hungerleidern! Wir wollen nicht, dass er *unseren* Mädchen den Hintern begrapscht!« Doch sie mussten ihn tolerieren, weil Pierguido es so beschlossen hatte. »Jetzt redet doch keinen Scheiß! Er ist besser als du und du zusammen … und er ist mein bester Freund.«

Er konnte die Wut in ihren Blicken sehen. Und die Ohnmacht. Dann waren die subtilen Formen der Rache gekommen. »Himmel noch mal, wenigstens sind wir nicht verpflichtet, mit ihm zu reden … Lasst ihn links liegen, dann hat er uns am Ende satt.« Die schönen Zeiten des passiven Widerstands. »Habt ihr das kapiert, Mädels? Tanzt einfach nicht mit ihm. Und ob das überhaupt ein Vergnügen wäre? Wer weiß, wie er riecht … die haben doch nicht mal ein Klo im Haus!«

Die Verachtung, die er hatte ertragen müssen, hatte er ohne Zaudern hingenommen, hinter dem Rücken dieser Trottel sogar darüber gelacht. Da hätte es schon einiges mehr bedurft als ein paar spöttischer Blicke, um ihn von dem privilegierten Platz, den er erreicht hatte, zu vertreiben. Also hatte er durchgehalten, bis zu jenem magischen Abend auf der Terrasse bei den Napolitanos, als Emma Battistini auf ihn zugekommen war und ihn, wie immer allein in der dunkelsten Ecke der festlich geschmückten Terrasse, zum Tanz aufgefordert hatte.

»Ich glaube nicht, dass das deinen Freunden gefallen würde«, hatte er ihr geantwortet. Emma Battistini! Das müsste er seinem Vater erzählen!

»Ist mir egal«, hatte Emma erwidert. »Ich bin steinreich und Vollwaise. Ich bin mächtig, weil ich so viel Geld besitze … aber schwach, weil ich keine Familie mehr habe.« Sie hatte gelächelt und ihm die Hand hingehalten. »Du verstehst, dass es ein bisschen schwierig ist, mir zu widersprechen … du wirst sehen, durch mich hast du freies Geleit … und jetzt haben wir genug geredet, sonst verpasse ich noch das langsame Stück, also los.«

»Du musst mir alles über dich erzählen«, hatte Emma ihm beim Tanzen ins Ohr geflüstert. »Ich liebe es zuzuhören. Und ich sage niemandem etwas. Ich klatsche nicht. Du bist so anders als Luigi oder Salvatore. Vertrau mir.« Sie schien so ernst, so weise, eine kleine Gelehrte. Er hatte ihr vertraut, und sie waren Freunde geworden. Was ihn davor bewahrt hatte, in Emmas Bett zu landen, wie es allen anderen passiert war. Geschichten, die unweigerlich für den jeweiligen Unglücklichen mit Tränen, Flüchen und Besäufnissen endeten, wenn Emma, die kalte Emma, ihm wegen »emotionalem Surplus« den Laufpass gab.

»Ich möchte, dass wir noch einmal über diesen Schritt nachdenken, den wir da unternehmen wollen, Emma.« Sein Cousin hatte beschlossen, sich zum Beschützer des Besitzes Battistini zu erheben. Oder einfach zum Beschützer von Emma. Schade nur, dass Emma keine Verteidiger brauchte, sondern nur tüchtige Liebhaber. Wer weiß, ob sie schon zusammen ins Bett gegangen waren? Er hatte die beiden in letzter Zeit selten gesehen. Armer Franco, immer voller Skrupel und wehrlos gegenüber Frauen. Als junger Mann war es noch schlimmer mit ihm gewesen. Stets der Meinung, dass man abwägen müsse, warten, werben, nicht drängen. »Mir gefällt Lena, die Cousine von Luigi Santovito, sehr ... aber ich glaube, sie ist ein schwieriger Typ ... das erfordert Zeit und Zartgefühl.« Ja doch, Lena Santovito, die künftige Frau von Salvatore Corradi. »Gewiss, Franco«, hatte er ihm geantwortet, »Zeit und Zartgefühl, ein sicheres Rezept.« Sicher, um nicht zum Schuss zu kommen, und er hatte alle Selbstkontrolle der Welt aufbieten müssen, um ihm nicht laut ins Gesicht zu lachen. Lena Santovito, die er im Jahr zuvor im Pinienwald entjungfert hatte, blond, weinerlich und mit einem spektakulären Hintern. »Besser du als Luigi ... der nervt wirklich: Unter dem Vorwand, dass er doch mein Cousin ist, tatscht er mich ständig überall an ... und außerdem ... also, sich mit dem kleinen Ding abgeben, das Luigi hat? Emma hat mir gesagt, man muss es das erste Mal mit einem machen, der einen großen hat ... sie und ich, wir haben Glück gehabt, oder?« Sie hatte ihn mit einem zweideutigen Lächeln bedacht, und er hatte nichts dagegen gesagt, gegen dieses Gerücht, obwohl er sehr genau wusste, dass es Pierguido Napolitano gewesen war, der es Emma besorgt hatte, in der eigenen Villa, sogar im Schlafzimmer der Eltern, mit dem Hausmädchen als Komplizin und Champagner auf dem Nachttisch. Pierguido hatte nun einmal ausgesprochen raffinierte Gelüste und die Möglichkeit, sie zu befriedigen.

»Es wird schon dunkel, bis bald, Alessandro ... und grüß Marella von mir.«

Sie brachten Emma zum Wagen. Unter dem frühen Abendhimmel lag der weite Olivenhain in ein mattes Licht getaucht.

»Es tut mir Leid um diesen Besitz«, murmelte sein Cousin. »Wunderbares Land. Wie üblich wird Mario Rizzo es sich unter den Nagel reißen, und nach zwei Jahren wird es dann parzelliert … kleine Häuschen und ähnliche Scheußlichkeiten, wenn nicht gar zehnstöckige Hochhäuser, ohne Baugenehmigung.«

»Zerstückelt und zersplittert … geht das nicht mit allem so?«

Sie machten ein paar Schritte auf dem Pfad, die Zigaretten wie kleine Glühlämpchen, verloren über dem Land, während die Rückstrahler von Emmas Auto vom schummrigen Dämmerlicht verschluckt wurden und schließlich zwischen den Feldwegen verschwanden.

»Emma …«, setzte Franco an, sprach aber dann nicht weiter.

»Hör mal, Franco, ich weiß, was dich quält … die alten Geschichten … lass uns das ein für alle Mal klären. Zwischen Emma und mir ist nie irgendetwas gewesen. Nicht das Geringste. Vergiss die ganzen Gerüchte von damals. Weißt du, warum ich seinerzeit nichts dagegen gesagt habe? Weil ich mich schämte. Man hätte mich für schwul gehalten, und ich glaube, Emma hat das verstanden und hat sie reden lassen. Ohne ihre Hilfe hätten sie mich außerdem nie akzeptiert. Bei dir war das anders, deine Mutter ist eine Cardano, blaues Blut, aber ich … Emma und Pierguido sind meine besten Freunde gewesen. Ich weiß nicht mal, warum ich dir das erzähle, aber schon den ganzen Nachmittag schwirren mir solche Gedanken durch den Kopf. Vielleicht weil Emma den Besitz verkaufen will …« – oder weil Costanza …

»Der berühmte Besitz Battistini«, ließ sein Cousin sich vernehmen.

»Genau. Wir machen eine komische Phase durch. Mit Marella läuft es verdammt schlecht. Ich gehe morgens früh aus dem Haus und komme zum Abendessen zurück. Sie hat dann was Warmes für mich gemacht, und das ist alles. Ich weiß nicht mal, was zum Teufel sie den ganzen Tag über treibt. Sie war immer derart beschäftigt, hatte nie eine freie Minute: die Arbeit, das Haus, die Feste, die Tennisturniere, die Reisen, die Verwandten, die Kinder ... es reicht, reden wir nicht mehr darüber. Aber erzähl mir von Emma. Ich mache mir wirklich Sorgen um dich, erklär mir mal, wie, verdammt, soll das bloß mit Maria Assunta gehen?«

»Ach, gar nicht ... aber du und Emma, ihr habt wirklich nie ...? Ich habe das immer gedacht.«

»Ich schwöre es dir auf ... auf was du willst. Nie berührt, nicht mal mit einem Finger.« Aber wenn du wüsstest, *wen* ich ausführlich berührt habe, dachte er bei sich. Armer Franco, ich würde es dir nicht einmal unter Folter sagen. Ich achte meine Freunde ... doch du weißt ja, wie es so geht. Du beim Militär und die Ärmste den ganzen Sommer über allein, ängstlich und ziemlich einfältig ... und reist nicht mitten im Sommer auch Caterina Specchi ab? Von der Familie dazu verdonnert, die Verwandten in Argentinien zu besuchen. Also bin ich allein. Ja, Himmel, es gab die Touristinnen, die Fremden ... aber man muss das ein bisschen organisieren. Und ich war dabei, doch es war erst der zweite Abend, und alle schienen vergeben. Und da habe ich deine Maria Assunta ein Stück im Auto mitgenommen, ehrlich, mit den besten Absichten. Um sie hat sich ja nie einer gekümmert. Ich weiß nicht, ob ihre Cousine, oder wer auch immer, ihr versprochen hatte, sie vor dem Lokal abzuholen, jedenfalls war sie zu Fuß. Die Ärmste, sie war so ängstlich, dass sie bis zum Morgengrauen dageblieben wäre, wenn ich ihr nicht angeboten hätte, sie mitzunehmen. Es schien mir nicht richtig, die Verlobte meines Cousins an der Straße stehen zu lassen, und außerdem war ich allein im Auto. Aber sie tat mir auch ein bisschen Leid. Es schien ihr so peinlich zu sein, als sie eingestiegen ist. Dann habe ich sie zu einem Kaffee eingeladen, die Bar lag an der Straße, keine Menschenseele da, es war drei Uhr früh, und als wir wieder eingestiegen sind, hat sie sich auf mich gestürzt. Ihr kleines Hirn muss durchgedreht sein, und ehrlich, ich hätte nichts gemacht, aus Respekt vor dir, und wer hätte denn je Maria Assunta angeschaut? Nur dass sie jetzt in meinen Armen lag … und vielleicht weil Caterina Specchi nicht da war oder weil ich es den ganzen Abend über bei einer Touristin versucht hatte, die mich dann zum Teufel gejagt hatte, oder weil Sommer war oder vielleicht weil sie diesen Hintern hatte. Weißt du, wie Santovito sie nannte? Miss Riesenarsch. Wir haben darüber gelacht. Es stimmt, ästhetisch gesehen ruinierte ihr der Hintern die Figur, aber es war etwas anderes, ob er sich unschön unter einem Rock wölbte oder ob man sie in den Händen hatte, diese ganze Üppigkeit, und so ist es eben passiert. Aber ich schwöre, es war nur dieses eine Mal … na ja … ein paar Mal … der Sommer ist lang, und besonders der damalige Sommer schien kein Ende zu nehmen. Dann ist Caterina Specchi zurückgekommen, und du warst auch wieder da. Und als ich ein paar Jahre später dein Trauzeuge war, hatte ich ein reines Gewissen. Maria Assunta hatte noch zehn Kilo zugenommen, steckte in einem mit Spitzen besetzten Kleid und war so glücklich. Es war, als wäre nie etwas geschehen, meine ich.

»Ich muss jetzt los … es ist schon sehr spät«, sagte sein Cousin.

»Gut … halt mich auf dem Laufenden.«

»Und du – mach dich nicht allzu sehr darüber lustig. Wenn du wüsstest, was ich durchmache …«

»Ah, Liebesqualen!«

Sie trennten sich an der Einmündung des Wegs. Der 164 dröhnte durch das Dunkel, rumpelte über die Schlaglochstrecke, gefolgt von dem Volvo seines Cousins, der langsamer fuhr, Francos übliche Angst, sich das Auto zu ruinieren. Er war immer so vorsichtig … na ja, was sollte es. Ein Nachmittag wie in alten Zeiten. Fast ohne an Marella zu denken, an die Kinder.

Sicher, dass der Besitz Battistini zum Verkauf stand, war ein Stich ins Herz, doch nicht der einzige an diesem Nachmittag.

Denn es war ein langer, sehr langer Nachmittag gewesen, und er hatte eine Weile vor dem Treffen mit Franco und Emma begonnen. Als er dort, auf einem der Wege aus Schotter und Sand, die zum Besitz Battistini führten, ein paar hundert Meter vor sich einen unverwechselbaren champagnerfarbenen Golf entdeckt hatte, der mit den Hinterrädern im Sand feststeckte. Und ohne auch nur zweimal darüber nachzudenken, hatte er instinktiv angehalten. Um sich einer erhitzten und dreckverschmierten Costanza gegenüberzusehen, die ganz offensichtlich nicht in der Lage war, die Situation zu bewältigen. Eine Costanza, die ihm erleichtert entgegengelaufen war – bis sie ihn erkannt hatte –, um dann stehen zu bleiben und zurückzuweichen, Schritt für Schritt, mit der Panik eines Tiers, das in die Falle geraten ist, während er aus dem Auto stieg und ruhig auf sie zuging.

Dabei hatte er mit den besten Absichten angehalten – helfen wir doch der Ärmsten, ihr Auto da herauszubekommen, damit zeige ich den Napolitanos, dass ich ihnen die Sache mit der verdammten Variante im Bebauungsplan nicht nachtrage. Doch stattdessen war die vollkommen verrückt gewordene Costanza zu ihrem Auto gerannt, hatte es verriegelt und das Fenster geschlossen, als wäre er der schwarze Mann und gekommen, sie zu verschlingen. Er hatte an die Scheibe geklopft, und Costanza gab sinnlos immer weiter Gas, und die Räder drehten durch und wirbelten eine Staubwolke auf wie in einem Western. Eine fast komische Szene. Sie, vollkommen hysterisch, die immer weiter aufs Gas trat, und er, der an die Scheibe klopfte und sie bat, damit aufzuhören. Bis ihm klar wurde, dass es so nicht ging und dass man anders vorgehen musste.

Geduldig hatte er begonnen, alle herumliegenden Zweige und Blätter zu sammeln, um sie unter die Hinterräder zu legen, und dabei gegen den beißenden Auspuffqualm angekämpft. Trotz allem war er entschlossen, nicht aufzugeben und das Auto aus dem Sand zu ziehen, ob Costanza nun dabei mithalf oder nicht. Er holte ein Abschleppseil aus dem Kofferraum seines Autos, befestigte es an der hinteren Stoßstange des Golfs und der vorderen des 164. »Leg den Rückwärtsgang ein!«, rief er Costanza zu und versuchte dann, mit Vollgas und im Rückwärtsgang, ihr Auto aus dem Sand zu ziehen. Doch diese dumme Kuh blieb im Vorwärtsgang und gab weiter Gas, riskierte damit, die Stoßstangen abzureißen.

Er war ausgestiegen und hatte wie ein Irrer geschrien, um das Geheul ihres Motors zu übertönen. Begriff sie denn nicht, dass er versuchte, ihr zu helfen? Er beugte sich hinunter, um das Seil von der Stoßstange zu lösen, und mit einem Mal lief der Motor des Golfs ruhiger. Durch die Heckscheibe sah er das lange Haar Costanzas, ihre verkrampften Schultern. Sie drehte sich nicht um. Doch sie stellte den Motor ab. Er stieg wieder in sein Auto, legte den Rückwärtsgang ein, und der Motor des Golfs antwortete auf den Motor des 164. Er gab Vollgas, und diesmal war der Widerstand sehr viel schwächer; die Räder des Golfs drehten immer noch durch, doch im Rückwärtsgang … und nach wenigen Sekunden war das Kabrio draußen, stand still in der Drei-Uhr-Nachmittagssonne.

Er löste das Seil, schielte dann verstohlen durch das immer noch geschlossene Fenster auf der Fahrerseite, klopfte mit den Knöcheln an die Scheibe, um sich zu verabschieden, und entfernte sich langsam. »Alessandro …« – die Stimme Costanzas, nicht halb so sicher wie normalerweise, rief ihn zurück.

Das Fenster vorsichtig zur Hälfte geöffnet, biss sie sich auf die Lippe und entschuldigte sich; sie wisse nicht, was in sie gefahren sei. »Macht nichts … macht nichts … Costanza, ich muss mich eher entschuldigen, dass ich ein bisschen grob gewesen bin, doch das hier ist ein Feldweg, wo nie jemand vorbeikommt. Ich wollte dich nicht hier stecken lassen.« Costanza zitterte immer noch, und da wurde Alessandro klar, dass sie, nach ihrer ersten, echten Angst, jetzt übertrieb. »Und ich bin nicht der schwarze Mann«, witzelte er. »Ich weiß ... es war toll von dir, dass du mich rausgezogen hast ... auch wenn du mich zu Tode erschreckt hast.« Sie lachte nervös, warf ihr Haar nach hinten. »Gut, wir haben unser Abenteuer gehabt«, fügte sie noch hinzu. »Aber erzähl nichts Pierguido ... soweit ich weiß, sind eure Beziehungen im Moment ... es ist meine Schuld, doch die Sache ist nun mal so gelaufen. Jedenfalls will er nicht, dass ich allein auf diesen Straßen herumfahre. Doch was soll ich sonst um diese Zeit nachmittags machen, wenn es kein anständiges Fernsehprogramm gibt und der Junge schläft?« Sie fuhr sich mit der Zunge über die Lippen und lächelte erneut. »Mit gefällt es, durch die Gegend zu fahren ... und ich wüsste auch nicht, was ich sonst tun sollte.« Er betrachtete sie durch das halb geöffnete Fenster, die Hände, die künstlich zitterten, und diesen Wahnsinnskörper, der immer in Bewegung war. Sie redeten noch kurz miteinander – und schließlich wagte er sich vor: »Wir könnten demnächst mal einen Kaffee zusammen trinken. Ruf mich in der Kanzlei an, wann immer es dir passt ... sicher besser, als das Risiko einzugehen, noch mal im Sand stecken zu bleiben. Man weiß nie. Es sieht so aus, als wäre das eine Gegend, in der sich Ungeheuer herumtreiben. Also, es ist spät geworden, ich habe hier in der Nähe einen Termin ... ich erwarte deinen Anruf.«

Er blinkte zweimal auf, um sich von Franco zu verabschieden, und bog in die Straße ein. Sie ruft sowieso nicht an, dachte er. Da wusste er noch nicht, dass das Telefon ein paar Tage später klingeln sollte, mittags um zwei Uhr, und sie vorschlagen würde, sich mit ihm an einer Straßenabzweigung zu treffen, die zehn Kilometer vom Dorf entfernt lag, einem Ort, wo sie nur schwer eine Bar finden würden, um einen Kaffee zu trinken. Costanza langweilte sich also ernsthaft … und doch, nachdem er automatisch zugesagt hatte, war er einen Moment lang perplex gewesen. »Manchmal weiß ich nicht einmal selbst, warum ich etwas tue«, hatte er zwei Tage zuvor zu Franco gesagt. Doch das Problem war, dass er sich die Zeit des Wartens, bis die große Jagd eröffnet würde, nicht mit der Lektüre von Proust vertreiben konnte … das war nicht seine Art zu warten. Er musste etwas unternehmen, sich bewegen, wieder mitspielen, vögeln, sich umtun – und auch, so wahr ihm Gott helfe, Pierguido und seine verdammte Bebauungsgenehmigung ficken.

Maifeiertag

So unglaublich es scheinen mochte: Das Fehlen der Wasserkaraffe war ihr erst an dem Tag aufgefallen, als sie die Vitrine im Wohnzimmer öffnete und die Reste dessen betrachtete, was einst ihr prächtiges Glasservice, das Hochzeitsgeschenk der Perris, gewesen war.

Es war eine lange verdrängte Versuchung gewesen, die immer reizvoller für sie wurde, bis sie schließlich ganz davon besessen war. Sie wollte das Service berühren. Es wieder berühren. Die Kristallkelche, die noch übrig waren, auf dem Esstisch aufreihen. Zu jenem Tag zurückkehren, als noch nichts geschehen war und sie gedankenverloren die feinen Kelche auf Hochglanz polierte, während Alessandro zu dem Termin mit seinem Mandanten unterwegs war und die Kinder auf dem Schulhof spielten.

Wenn sie nun darüber nachdachte, war es eigentlich seltsam, dass der Große Rat die Reste des Services nicht hatte verschwinden lassen. Wahrscheinlich war ihnen seine Wichtigkeit einfach nicht klar gewesen, und vielleicht hatten sie zu diesem Zeitpunkt an andere Dinge denken müssen. Bei ihr war nur eine Leere zurückgeblieben, aber gewiss war damals irgendetwas geschehen. Nur dass ihr Gedächtnis es vergraben hatte. Sie erinnerte sich genau, in aller Klarheit, an diesen strahlenden Maitag, an die Glaskelche, die in der Sonne funkelten, an ihren Schwiegervater, der an die Tür klopfte, und wie sie mit der Wasserkaraffe in der Hand dastand, dem letzten Stück, das sie noch einmal polieren musste, um ihr Werk zu vollenden. Dann an das Klirren der Gläser, die auf dem Boden zerbarsten, das Erstaunen, die Wut und schließlich dieses Gefühl zu gleiten, in das eiskalte Wasser eines Gebirgsbachs zu tauchen, während er sprach … dann nichts mehr. Nur Fetzen, ohne Sinn: der matte Schein des im Wohnzimmer eingeschalteten Lichts, eine Hand – Alessandros? – , die ihr irgendetwas aus dem Mund nahm, eine wabernde Musik, irgendwo aus der Ferne, ein Fenster, das sich nicht öffnen ließ, das Weiß eines Krankenhauszimmers. Später würde Alessandro ihr sagen, dass sie eingeliefert worden sei, irgendwann im Sommer, dass es ihr schlecht gegangen sei, wegen der Tabletten … doch warum erinnerte sie sich dann an diesen Schmerz in den Händen … verbundene und nicht zu benutzende Hände, in denen sie ein Stechen und Brennen spürte …

Vereinzelte Fragmente, Teile einer unscharfen Szene, ohne Zusammenhang, weil mit nichts zu verbinden. Und doch: Es musste eine Beerdigung gegeben haben – die beiden großen Schachteln, in denen ihre Kinder schliefen … die zerquetschten Körper von Elisa und Iacopo … nein, sie durfte nicht daran denken, niemals. Um nicht erneut in diesen Sommer abzustürzen, den sie ausgelöscht hatte. Denn jetzt hatte sie eine Verantwortung. Die Kinder mussten ihre Mama so wiederfinden, wie sie gewesen war, keine schreiende Verrückte mit irre aufgerissenen Augen. Das hätte sie erschreckt, und sie wären nicht wiedergekommen.

Man musste sie beruhigen, die Verrückte wegschließen und den Schlüssel zweimal umdrehen, sodass ihre Schreie gedämpft wurden, im Hintergrund blieben, kraftlos. Und doch immer da, leise und fern. Und auch notwendig, denn aus der Tiefe ihres Gefängnisses erzählten sie von unauslöschlicher Schuld, von kleinen zerfetzten Körpern, von zwei verbundenen Händen, von dem Erschrecken, die anderen zu sehen, die einfach vergaßen und festlich herausgeputzt ausgingen.

Aufmerksam betrachtete sie ihre Hände. War es möglich, dass ihr erst jetzt diese feinen Linien auffielen, kaum sichtbar, die ihre Handflächen durchzogen und sich mit den gewohnten Linien verbanden? Sie hatte sie nie bemerkt ... seit wann hatte sie ihre Hände nicht mehr angesehen? – und was von ihrem Glasservice übrig war. Sie zählte die Teile. Einundzwanzig Gläser und die Weinkaraffe. Sie sah sie wieder durch die goldene Mailuft fliegen, die Gläser und nur diese, denn die Weinkaraffe war nicht in Reichweite, und die Wasserkaraffe hielt sie fest in ihren Händen. Sie musste sie fallen gelassen haben, während ihr Schwiegervater sprach. Sie musste ihr aus der Hand geglitten sein. Aber sie hatte sie doch fest an sich gedrückt. Daran erinnerte sie sich, als hielte sie sie noch immer in ihren Händen. Sie hatte die Karaffe an sich gepresst, und jetzt war die Karaffe nicht mehr da. Doch ihre Hände, durchzogen von diesen seltsamen Linien, juckten manchmal – und dann dieses sonderbare Bruchstück der Erinnerung, die verbundenen Hände auf einem Krankenhausbett.

Geduldig holte sie die Reste des Services Stück für Stück aus dem Schrank und stellte sie in einer Reihe auf den Tisch. Es fehlte die Maisonne, die das Zimmer wie ein Glücksversprechen durchflutet hatte; stattdessen gab es das unbeständige Licht eines windigen Märzes, der sich nicht entscheiden mochte, ins Frühjahr zu münden.

Sie stellte das Service hin und setzte sich neben den Tisch, klopfte mit einem Finger leicht auf den Rand eines Glases, doch alles Dringliche schien in der nebligen Ruhe des Morgens zu schwinden. Es fehlte die Wasserkaraffe. Die Karaffe, die sie gern in die Hand genommen hätte, um von ihrem Leben wieder vollständig Besitz zu ergreifen.

Die Karaffe war nicht da. Sie musste ihr aus der Hand geglitten sein. Doch sie erinnerte sich an ihre verbundenen Hände – oder war das ein Traum gewesen? Und manchmal juckten und brannten die Hände, wie jetzt, oder war das nur Einbildung, diese Erinnerung an brennende und verbundene Hände, die wieder in ihr hochkam? Und die Handflächen waren von einem seltsamen Netz durchzogen, so blass, dass es ihr erst jetzt aufgefallen war … die Karaffe fest in den Händen, ihr Schwiegervater, der sprach … *unsere Kinder* … – und sie drückte immer fester –, das ist nicht wahr, das ist nicht wahr, das kann nicht passieren, nicht mir … *es war nichts zu* … nein, fester … zerbrich, zerstöre, lösche ihn aus, lösche diesen Augenblick aus. Marella schrie, während das Glas zerbarst und sich ihr die Splitter in die Handflächen bohrten.

Sie war sich nicht sicher, ob sie alle herausbekommen hatte, aber jetzt brannte die Hand nicht mehr so stark. Es waren keine tiefen Schnitte, und es blutete nicht mehr. Wenn sie es schaffte, wenigstens die größten Stücke herauszulösen, könnte sie darauf verzichten, sich die Hand zu verbinden, und Alessandro würde gar nichts merken. Sie gab erneut Alkohol darauf und stocherte wieder mit der Pinzette in der Handfläche herum. Es handelte sich um ein Weinglas, nicht groß, und es schien keinen allzu schlimmen Schaden in der Hand angerichtet zu haben. Wenn es nicht anders geht, kannst du dir immer noch die Hand verbinden und sagen, du hast sie dir am Herd verbrannt, das kann jedem passieren, warum sollte er da einen Verdacht haben? Und überhaupt: Was für einen Verdacht? Dass sie nicht gemerkt hatte, wie sie das Glas in der Hand zerdrückte? Und dass sie allein dadurch begriffen hatte, warum die Wasserkaraffe nicht mehr an ihrem Platz war und warum sie, die doch Traum und Wirklichkeit gut auseinander halten konnte, immer wieder von dieser Vorstellung von verbundenen Händen und Krankenhausbetten gequält wurde.

Sie drückte die Pinzette zusammen und zog einen kleinen Glassplitter aus der Hand. Ein leichtes Schwindelgefühl überkam sie, aber sie achtete nicht darauf. Gleich wollte sie einen Schluck Cognac trinken, dann würde sie sich besser fühlen. Doch zuerst müsste sie ihre Hand vollständig untersuchen, um nicht zu riskieren, dass der Alkohol ihren Blick vernebelte und sie die letzten Splitter übersehen würde. Wer weiß, wie blutüberströmt ihre Hände gewesen sein mussten, als sie die Karaffe zerdrückt hatte – um den Augenblick zunichte zu machen, ihn in sich aufzunehmen, ihn für immer in ihren Händen aufzuheben.

Sie desinfizierte erneut ihre Hand und begann sie zu verbinden – es ging nicht anders, sie lief Gefahr, sich zu infizieren.

Es war nur ein kleiner Verband, und der Schmerz hatte sich auf ein dumpfes, erträgliches Pulsieren reduziert. Ein Schluck Cognac, genau den brauchte sie, um das Unwohlsein zu vertreiben. Dann würde sie die Gläser zurück an ihren Platz stellen und jede Spur beseitigen, die die anderen entdecken könnten. Warum hatte sie denn auch in der anderen Hand dieses Brennen? Was war bloß …

Mit vorsichtigen Schritten verließ sie das Wohnzimmer. Die Küche war leer. Sie ging zurück ins Wohnzimmer, dann auf den Gang. Sie setzte die Erkundung fort, auf Zehenspitzen, aufmerksam horchend, um das kleinste Geräusch zu erfassen. Sie öffnete die Tür zu ihrem Schlafzimmer, dann die zum Kinderzimmer … Arbeitszimmer … Gästezimmer … Warum gehst du nicht ins Wohnzimmer zurück? Vielleicht findest du da einen schönen Weihnachtsbaum mit zwei großen Schachteln darunter. Weißt du, was da drinnen ist? Ein Geschenk für Marella!

Mit zögernden Schritten ging sie erneut durch den Gang und trat vorsichtig an die Wohnzimmertür … nichts … es war wirklich niemand in der Wohnung. Dann hörte sie es, das unterdrückte Lachen. Sie wandte sich ruckartig um, versuchte herauszufinden, woher es kam … nicht laufen, sachte, ganz sachte. Sie trat wieder auf den Flur, bemühte sich um Orientierung. Und hörte deutlich die Stimme. »Geh weg da mit deiner Zahnbürste … ich will mir auch die Zähne putzen.«

Sie stürzte zur Badezimmertür. Sie hörte das Wasser rauschen und gleich das freche Stimmchen von Elisa. »Lass mich in Ruhe … sonst sag ich der Mama, dass du mich nass gespritzt hast. Und dann kriegst du eine Ohrfeige.« »Die Mama gibt mir keine Ohrfeige, aber ich gebe dir eine, wenn du nicht weggehst, du dumme Kuh.« »Blödmann-Blödmann-Blödmann …«

An die Badezimmertür gelehnt, lachte Marella. Und sie weinte auch. Nicht die Tür aufmachen … lass sie reden … wenn du die Tür aufmachst, sind sie nicht da, und du fängst an zu schreien. Wichtig ist, dass sie da sind, in Hörweite. Sie strich sanft über die Tür, mit der verbundenen Hand; das Gesicht von Tränen überströmt – und vom Lächeln der früheren Marella erleuchtet.

»Bist du fertig?« »Nein-nein-nein.« »Beweg dich, dann spielen wir Plumpsack. Du bist der Plumpsack.« »Ich bin die Prinzessin!« »Es gibt keine Prinzessinnen … das ist das Spiel mit dem Plumpsack. Dreht euch nicht um, der Plumpsack geht um.« »Idiot!« »Heulsuse! Nein, was machst du denn … Nein, die Mama wird böse … du machst mich ganz nass. Elisa, hör sofort auf! Willst du Krieg? Die Ninja-Schildkröte greift an!« Von hinter der Tür kam ein wirres Durcheinander aus Getrappel und Wasserrauschen, dem Quietschen von Elisa und dem Kriegsgeschrei von Iacopo.

Sie war hinuntergerutscht und saß auf dem Boden, die Wange an der Tür, die Augen geschlossen, das Ohr ans Holz gepresst, ganz aufs Hören konzentriert – Elisas Trippeln auf den Fliesen, die Sprünge Iacopos, das rauschende Wasser, die Stimmen, die Stimmen ihrer Kinder. Sie hielt es nicht mehr aus, es war ihr unmöglich, hinter der geschlossenen Tür zu bleiben! Sie streckte eine Hand nach oben aus, packte den Türgriff, drückte und fiel nach vorn ins Bad.

Das Wasser rauschte nicht, und der Hahn war geschlossen. Es war niemand da. Sie blieb reglos auf der Schwelle, auf allen vieren, eine Hand nach vorn ausgestreckt, ein Griff ins Leere – ich durfte die Tür nicht aufmachen, ich hätte sie nie aufmachen dürfen –, die Haare im Gesicht, die Tränen fielen still zu Boden. Langsam zog sie sich hoch, barg ihre schmerzende Hand in der Armbeuge. Und da sah sie die Tropfen.

Der ganze Fußboden war voller Tropfen. Unter dem Bidet war sogar eine Pfütze. Elisa kam noch nicht bis ans Waschbecken, und wenn sie sich mit Iacopo stritt, drehte sie immer das Wasser am Bidet auf, um ihn voll zu spritzen. O Gott ... sie fiel nach vorn, küsste den Boden, glitt in dieses Wasser, nasser Zeuge der Anwesenheit ihrer Kinder, von der Berührung ihrer kleinen Hände gesegnetes Wasser.

Sie hatte sich also doch nicht geirrt! Keine Halluzinationen und Visionen und Träume einer Verzweifelten. Die Karaffe. Die Wasserkaraffe, die sie fest in der Hand gehalten hatte, um die Zeit ihres Todes zu vernichten und die ihres Lebens zu halten. Die Kinder sind wieder da, Alessandro, und ich höre und sehe sie, weil ich ihre Zeit festhalte. Ich bin ihre Zeit, dieser Augenblick der Existenz, in die Haut geritzt, damals und für immer.

Die Glasterrasse des Athenaion hatte dem Inhaber des Restaurants ein Vermögen eingebracht: Eindrucksvoll auf steilen Klippen gelegen, bot sie einen Blick hinaus auf das nächtliche Meer, wo in der Ferne die Lampen der Fischerboote aufblinkten. Im Sommer würden die Fenster herausgenommen und beiseite gestellt werden, sodass die Luft frei zwischen den falschen Säulen – mit Kieseln besetzte Zementpfeiler – zirkulieren konnte, doch jetzt, gegen Ende des Winters, waren die Fenster noch wohl verschlossen, und die Heizung lief.

»Nein, neben meinem Mann will ich nicht sitzen. Emma, kannst du bitte einen Platz weiterrücken? Oh, endlich ein schöner Mann! Pierguido, heute Abend gehöre ich ganz und gar dir.« Lena Corradi übertönte den Lärm der Tischgesellschaft mit immer neuen Wünschen, dass jemand aufrücken oder sich woanders hinsetzen solle.

»Lena, bitte!«, schrie Luigi Santovito, der gewichtig in der Mitte der Tafel thronte, die Hände schon nach dem Brotkorb ausstreckte und den Blick hinüber zu der dampfenden Muschelpyramide am Nebentisch wandte.

»Costanza!«, jammerte Lena Corradi. »Wir sitzen so weit auseinander. Entschuldige, Baby, aber wenn du einen Platz weiterrückst, kann Costanza …«

»Lena! Sei mal einen Moment still, ja? Wir versuchen zu bestellen! Ich kann mein eigenes Wort nicht verstehen«, explodierte Luigi Santovito, der es kaum ertragen konnte, mit ansehen zu müssen, wie all das Essen an ihnen vorbei zu anderen Tischen gebracht wurde. »Also, Giuseppe … was gibt es heute? Und seid ruhig, verdammt noch mal.«

»Ruhe«, tönte Pierguido Napolitano von seinem Stammplatz am Kopf des Tisches. »Luigi will bestellen … ein heiliger Augenblick. Was begehrt er denn, unser Luigi?«

»Alles!«, antwortete an seiner Stelle Baby Perri unter allgemeinem Gelächter.

»Und den ganzen Weinkeller für den Herrn«, gab Santovito schlagfertig zurück.

Während die Bestellungen kreuz und quer durcheinander gerufen wurden – *Impepata di cozze, Spaghetti allo scoglio* … kann ich eine Seezunge haben, ich mache Diät … mach deine Diät doch zu Hause … gibt es Zackenbarsch? Ist der auch frisch? Nicht dass ich daran zweifeln würde, aber … *Risotto alla pescatora* … für mich eine gemischte Grillplatte, aber keinen Dorsch … und bring uns inzwischen ein paar Antipasti … ja, wie letztes Mal, als dir der Tintenfisch nachher so schwer im Magen gelegen hat, dass ich die ganze Nacht heißes Wasser mit Zitrone für dich machen musste! … Eine Pizza? Wer hat denn diese Pizza bestellt? Giuseppe hat Recht, man versteht rein gar nichts … also noch einmal von vorn: Sechsmal *Spaghetti allo scoglio* … ein Risotto, nein, zwei Risotti … –, warf Alessandro einen Blick zum anderen Tischende, wo Costanza im Eifer der Entscheidung ihr langes schwarzes Haar schüttelte. Costanza fing den Blick auf, kräuselte aber gerade einmal einen Mundwinkel, um sich dann wieder in das Chaos der Bestellungen zu stürzen.

»Herr Ingenieur!«, polterte Luigi Santovito. »Erweisen Sie uns die Ehre, die Weine zu wählen … das ist nicht mein Gebiet.«

»Ich? Da wollen wir doch lieber Baby um Rat fragen. Er ist der Experte.«

»Herr Ingenieur, ich erlaube mir, Ihnen zu widersprechen…

Bei Baby geht es um die Quantität, nicht um die Qualität. Die Wahl kommt Ihnen zu. Der größte Erzeuger muss dem Verbraucher einen Rat geben. Oder irre ich mich?«

»O Gott, Santovito ...« Franco seufzte und zündete sich eine Zigarette an.

»Luigi ist heute unerträglich ...«, unterstützte ihn Emma.

»Entschuldigen Sie«, wurde sie vom Kellner unterbrochen, »Ihre Bestellung, Signora?«

»Signora?« Alessandro fuhr mit erstaunter Miene auf. »Das muss ein Irrtum sein. Los, Jungs, der Chor ... Signorina, Signorina ... eins, zwei, drei!«

»Signorina, Signorina, was wie Emma war noch nie da ...«, skandierte der ganze Tisch. »Signorina Battistini, die und Heirat – niemals nie!«

»Wie kommt es, dass du dich daran erinnerst?« Mit Tränen in den Augen klopfte Michele Cardano Alessandro auf die Schulter. »Das haben wir doch seit Jahren nicht mehr gesungen.«

»Ein Trinkspruch!«, rief Santovito, entkorkte eine Flasche und sprang hoch. »Auf unsere jungfräuliche Jägerin. Dass Gott sie uns lange erhalte!«

»Alessandro, musste das sein?«, schnaubte Emma. »Können wir jetzt das Thema wechseln?«

»Warum vervollständigst du den Trinkspruch nicht?«, murmelte Baby Perri und wandte sich mit glänzenden Augen an Luigi Santovito, sein Gegenüber. »Dass Gott sie uns lange erhalte ... sie und diesen Teil von ihr ...«

Während Santovito in schallendes Gelächter ausbrach, klopfte Baby Perris Frau ihrem Mann auf den Arm. »Es reicht mit diesen derben Scherzen. Hör auf zu trinken, Baby, warte wenigstens, bis die Vorspeise kommt ... und lasst Emma in Ruhe.«

»Das ist alles Santoros Schuld, er hat angefangen ... aber

gut, nicht? Und Franco, mein Lieber, warte nur, du kriegst auch noch dein Fett ab, bevor der Abend zu Ende ist …« Santovito brach erneut in Lachen aus, und die anderen schlossen sich ihm augenblicklich an.

»Alessandro geht es viel besser«, sagte Maria Pia Cardano gerade zu Costanza Napolitano. »Wenn ich daran denke, was geschehen ist … Doch Alessandro beweist außergewöhnlichen Charakter. Michele und ich haben gerade gestern Abend bei Lena über ihn gesprochen. So, wie er damit umgeht, das schaffen nicht alle. Die arme Marella dagegen …« Maria Pia seufzte und schüttelte den Kopf.

»Wer weiß, vielleicht mit der Zeit …«, antwortete Costanza knapp und zündete sich eine Zigarette an.

»Sie geht nie aus, ich habe sie seit der Beerdigung nicht gesehen«, fuhr Maria Pia fort. »Wie eine Stoffpuppe sah sie aus, mit diesen verbundenen Händen … sie hat mich nicht einmal erkannt, aber vielleicht hat sie keinen erkannt … und ich habe noch nicht den Mut gefunden, sie zu besuchen. Ich weiß, es ist schlimm, Costanza, aber ich schaffe es einfach nicht. Wenn ich darüber nachdenke … Marella war der Typ, der das ganze Büro zum Schweigen brachte, wenn sie bei einer Versammlung mit der Faust auf den Tisch haute. Und zehn Minuten später lud sie einen zum Kaffee ein und lachte wie verrückt. Sie war so vital. Bei der Gemeinde vermissen wir sie alle. Eine so starke, resolute Frau. Und vor allen Dingen: geachtet. Du ahnst ja nicht, wie sie mir geholfen hat, als ich angefangen habe, mit ihr zusammenzuarbeiten. Was soll ich bloß tun, ich fühle mich schuldig …«

Costanza betrachtete mit größter Aufmerksamkeit ihre lackierten Nägel und schüttelte den Kopf. »An deiner Stelle würde ich kein schlechtes Gewissen haben. Mir fehlt sie natürlich auch. Aber ich glaube nicht, dass sie in der Verfassung ist, irgendjemanden zu sehen.«

Maria Pia führte eine Gabel Spaghetti zum Mund und seufzte auf, gequält und genussvoll zugleich. »Das glaube ich«, sagte sie mit vollem Mund. »Wenn ich mir vorstelle, dass nicht einmal ich an die Kinder denken kann ... doch Alessandro beeindruckt mich, er erweist sich als außergewöhnlicher Charakter. Ich weiß wirklich nicht, wie er das schafft.«

»Tja«, stimmte Costanza lakonisch zu. »Jeder hat da so seine eigene Art, nicht?«

»Und so habe ich von dem Besitz erfahren.« Michele Cardano nahm einen Schluck Wein. »Vielleicht ist Luigi interessiert. Ich glaube, dass er es sich schon überlegt. Er besitzt dieses Stück von seiner Mutter, das direkt neben deinem liegt ...«

»Vielleicht«, warf Alessandro ein. »Weißt du, wer interessiert ist? Rate mal.«

»Sag nicht ... Rizzo.«

Alessandro nickte und saugte an der Schere einer Krabbe.

»Nein, an Rizzo verkaufe ich nicht.« Emma brach eine Muschel auf und schüttelte entschlossen den Kopf. »Ich denke nicht mal daran. Und außerdem betrügt er mich: Heute kauft er das Land für wenig Geld, und morgen parzelliert er es. Dann verkaufe ich es lieber an Luigi, auch wenn er mich die jungfräuliche Jägerin nennt ... dieser Mistkerl.«

»He, der Wein ist alle!«, rief Santovito dem jungen Kellner zu. »Und es fehlt ein Salat ... und eine Gabel ... und wenn du schon da bist: Bring noch eine Portion Sardinen mit Peperoni ... und den Wein, vergiss den Wein nicht! Dieser neue Kellner ist wirklich ein ziemlicher Trottel. Wetten, dass er wieder den Wein vergisst? Dann bringt Baby ihn um. He, Baby? Was machst du mit ihm, wenn er dir keinen Wein bringt?«

»Er sollte mal lieber die Sardinen vergessen«, rief Angela Santovito, an ihren Mann gewandt. »Baby ist wenigstens schlank. Du solltest mehr trinken und weniger essen.«

»Hast du das mitgekriegt? Es wäre ihr lieber, ich würde trinken. Dabei ist Essen doch gesund …«

»Und ich bin also ein Alkoholiker? Ein guter Trinker, das bin ich. Einer, der was davon versteht.« Baby Perri zündete sich eine Zigarette an und trank sein Glas aus. »Einer, der die Genüsse des Lebens nicht verpasst!«

»Genau«, schaltete sich seine Frau ein. »Du verpasst lieber das Leben selbst als die Genüsse.«

»Und er?«, ging Angela dazwischen und zeigte auf ihren Mann. »Er ist nicht in der Lage, sich zu kontrollieren … Sein Ideal ist es, beim Essen zu sterben.«

»Das von Baby dagegen ist …«, setzte Isabella Perri an.

»Beim Bumsen zu sterben«, unterbrach Baby sie.

Isabella wurde bleich.

»Du hörst jetzt auf«, zischte sie. »Du hörst sofort auf zu trinken und gehst ein bisschen an die frische Luft. Und komm erst wieder, wenn du klarer im Kopf bist. Sonst stehe ich auf und gehe.«

»Ich gehe nirgendwohin.« Baby hatte die Stimme erhoben, und Luigi begann lachend und schreiend, Salvatore Corradi einen Witz zu erzählen.

»Und ich höre nicht auf zu trinken. Eben weil du es mir sagst. Ich gebe niemandem Befehle, und ich nehme von niemandem Befehle entgegen! Man kann keinen Abend mehr in heiligem Frieden verbringen, weil die kleine Frau Lehrerin alles kontrollieren muss! Nimm das Auto und hau ab! Hier sind alle meine Freunde. Die streiten sich darum, mich nach Hause zu fahren. Bist du immer noch da? Hau endlich ab!«

Luigi Santovito unterbrach den Witz, stand auf und klopfte Baby Perri mit einer Hand auf den Arm.

»Na komm, wir gehen ein bisschen an die frische Luft … los Baby. Sei brav, steh auf, wir vertreten uns ein bisschen die Füße … und du«, wandte er sich drohend an Angela, »wehe, du lässt die Sardinen zurückgehen! Ich bin in zwei Minuten wieder da ... los, Baby.«

»Was ist denn passiert?« Lena Corradi wandte sich an Pierguido, der die Arme ausbreitete.

Isabella Perri zog ihre Jacke an und nahm die Autoschlüssel in die Hand. »Entschuldige, Angela, aber ... ich gehe nach Hause ... vielleicht könnt ihr Baby heimbringen. Auf Wiedersehen miteinander, und entschuldigt mich ...« Sie rauschte ab, die Schultern steif in der streng geschnittenen Jacke, und ihre Absätze machten ein kreischendes Geräusch auf dem falschen Backsteinboden.

»Aber was ...?«, riefen Costanza Napolitano und Lena Corradi wie aus einem Mund, die Augen vor Neugierde und Aufregung aufgerissen.

»Das übliche dumme Getue von Isabella«, meinte Salvatore Corradi barsch. »Sie macht ihm endlos Scherereien. Kontrolliert, wie viel er trinkt ...«

»Ja, aber Baby provoziert sie schon den ganzen Abend«, griff Angela ein. »Er weiß, dass seine Frau sich darüber ärgert. Es ist nicht nur der Wein ... du weißt ja, wenn Baby mit seinen derben Sprüchen anfängt ...«

»Was für Sprüche?«

»Nichts ... seine normalen blöden Bemerkungen. Und Isabella ärgert sich darüber. So ist sie nun einmal. Und dann hat er angefangen, sie zu beleidigen. Das tut man nicht ...«

»Warum? Macht Luigi nicht das Gleiche?«, fuhr Franco Sesta polemisch dazwischen.

»Ja, aber ... das ist etwas anderes.«

»Weißt du, warum das etwas anderes ist?« Pierguido lächelte und beugte sich leicht zu ihr vor. »Weil du anders bist, Angioletta. Du bist wirklich eine von uns.«

Angela wurde rot und lachte auf – du hast eine neue Freundin fürs Leben gewonnen, Pierguido Napolitano.

»Einen Toast auf Angela!« Costanza stand auf, und alle hoben ihre Gläser.

»Nun gut, wenn ich eine von euch bin, wer übernimmt dann diesen Teller mit Sardinen und Peperoni? Wenn Luigi die isst, stirbt er mir noch heute Nacht im Bett!«

Alle anwesenden Männer streckten gleichzeitig die Hände aus, sahen sich verblüfft an und fingen an zu lachen. Schließlich teilten sich jeweils zwei eine Sardine und stritten um die übrigen Stücke, von denen die Hälfte bei dem hektischen Hin und Her vom Teller auf den Tisch fiel. Das alte Athenaion, dachte Alessandro bitter, während er Franco zwei Stückchen Peperoni streitig machte. Doch nun, da die Jagdsaison bald anfing, konnte er es sich nicht erlauben aufzugeben. Er musste durchhalten und noch mal durchhalten, darauf warten, dass er wieder ins Spiel kam. Diesmal aber garantiere ich euch ein echtes Blutbad, ihr Scheißkerle … Und da schlich sich diese Idee ein, zwischen den von Francos Teller geklauten Peperoni und der halben Sardine, die ihm zugefallen war, kam diese Idee angekrochen, einer kleinen Giftschlange ähnlich: Und wenn es nun einer von ihnen gewesen war? Sie wissen, aus welchem Holz du geschnitzt bist … Vielleicht gibt es hier einen, dem hinter der Maske der kalte Schweiß ausbricht, der nachts brüllend aus dem Schlaf hochfährt und seine Frau zum Teufel jagt, wenn sie ihn fragt, was seit einer Weile mit ihm los ist … oder eine, die ihren Mann schreiend weckt. Mist! Es kann jeder gewesen sein … ein großer Wagen … doch sie haben *alle* große Wagen. Wie viele schnelle Autos gibt es im Ort? Aber zugegebenermaßen besteht eine Wahrscheinlichkeit von eins zu tausend … vielleicht auch zu fünfhundert oder vielleicht auch zu hundert, dass du mit den Wölfen tanzt.

Alessandro goss Emma und dann sich selbst noch ein Glas Wein ein. Baby und Luigi kamen zurück, und vom anderen

Ende des Tisches fixierte ihn Costanza. Er prostete ihr zu, doch sie wandte sofort den Blick ab. Noch immer beunruhigt, schöne Costanza? Keine Angst, du gehörst nicht zum Kreis der Verdächtigen. Um welches Auto es sich auch gehandelt haben mag, mit Sicherheit war es nicht dein wunderschöner champagnerfarbener Golf. Apropos, wann wollen wir ihn wieder mal in den Sand fahren?

»Wo sind meine Sardinen?«, fragte Luigi resigniert und ließ sich schwer auf den Stuhl fallen.

»Wo ist Isabella?«, wollte Baby mit schwerer Zunge wissen.

»Der Kellner hat sie vergessen … wahrscheinlich haben sie keine mehr«, beeilte sich Angela zu sagen. »Und Isabella ist nach Hause gegangen.«

»Ah, sie ist gegangen? Tut mir Leid … tut mir wirklich Leid.« Baby griff nach der gerade entkorkten Flasche und goss sich mit glücklicher Miene das Glas voll.

»Dann bringen wir dich nach Hause, Baby«, sagte Luigi Santovito.

»Umso besser«, antwortete Baby und leerte sein Glas.

»Entschuldige, Baby, aber …« Lena Corradi streckte einen Arm in seine Richtung aus und warf ein volles Glas um. »Ich dürfte das wohl nicht sagen, aber es ist besser, dass Isabella gegangen ist … wir waren dreizehn bei Tisch! Ich klopfe schon den ganzen Abend auf Holz. Das ist noch nie passiert, oder ich habe es nicht bemerkt … seit Jahren nicht … ich begreife nicht, warum gerade heute Abend …« Das Kneifen Maria Pias und der Tritt ihres Mannes ans Schienbein hielten sie davon ab weiterzusprechen.

Wie ein schwarzes Tuch legte sich das Schweigen über den Tisch. Pierguido machte den Mund zweimal auf und wieder zu, sandte schließlich einen stillen Hilferuf an Santovito, der mit hochrotem Gesicht dasaß und angestrengt versuchte, sich etwas einfallen zu lassen, das man sagen könnte. Seine Cousine war wirklich eine dumme Kuh! Baby konnte eine ganze Flasche Wein in sich hineingießen und schaffte es, auf den Beinen zu bleiben. Bei Lena genügte ein halbes Glas, um die ganze Runde in eisiges Schweigen verfallen zu lassen ... Verdammt ... warum sahen ihn alle an? Ihm fiel auch nicht immer etwas ein ... verdammt ...

Emma schluckte zweimal, starrte unverwandt auf ihren Teller, unfähig ihren Blick zu heben und dem Alessandros zu begegnen. Und in dem Schweigen nahm das Gespenst Form an. Über den Resten des Abendessens schwebte das Lachen Marellas. Ihr Blick aus Augen, die wie Sterne glänzten, legte sich auf das gezwungene Lächeln Pierguidos, auf die pulsierende Ader an der Schläfe Santovitos, auf den geneigten Kopf Emmas, auf den unsicheren Blick Lenas, die zur Faust geballte Hand Alessandros. Ihr esst und trinkt auf dem Grab meiner Kinder ... ihr Ungeheuer.

Da schüttelte Baby Perri traurig den Kopf und nuschelte: »Alles Emmas Schuld ... heirate, oder? Dann bringst du uns den Vierzehnten mit. Los, Signorina, tu es für uns, wie mein Vater und meine Mutter immer gesagt haben ... und nun sieh dir mal an, was für ein Ende ich genommen habe!«

»Emma, meine Liebe, auch wenn dieser Tisch uns trennt ... heirate mich und mach eine Frau glücklich!«, rief Santovito gleich dazwischen.

»Eine Frau?«, schaltete Pierguido sich ein. Das Leben kehrte an den Tisch zurück, Bemerkungen wurden wie zerbrechliche Glaskugeln hin und her geworfen.

»Angela, oder? So befreit sie sich von der *Last*, die auf ihr liegt!« Santovito brach in sein ansteckendes Lachen aus. Die empfindliche Glaskugel lag endlich sicher in den plumpen Händen des reichen Grundbesitzers, doch Baby war es gewesen, der den ersten Wurf gewagt hatte. Auch wenn du sturzbetrunken bist, du bist immer noch der Beste, Baby Perri.

»Und nun ein Prosit auf uns beide«, rief Santovito. »Emma, steh auf … willst du, im Beisein dieser Zeugen …« Unter Scherzen und Lachen wurde aus der gläsernen eine eiserne Kugel, und Santovito wusste sie sicher zu werfen.

Emma prostete Baby Perri zu, der müde sein wer weiß wievieltes Glas hob und ihr zuzwinkerte. Baby, hab Mitleid mit deiner armen Leber. Wie kann es sein, dass die Schönsten immer so selbstzerstörerisch sein müssen? Der bestaussehende Junge der Welt, der einzige ihrer Liebhaber, der nicht in die Falle des »emotionalen Surplus« getappt war. Warum müssen sich Engel, die auf die Erde gefallen sind, immer dem Trinken ergeben?

»Na gut … in Ordnung, Mama, wir kommen jetzt. Lass uns noch eben zu Ende essen … lass mich die Nachspeise essen! Ja, ja … nein, ich rase nicht … bis gleich, Mama.« Luigi Santovito beendete das Gespräch mit dem Handy und stieß genervt die Luft aus. »Martina ist wach geworden und weint. Beeil dich mit der Nachspeise, Angela … ich frage mich, wie es möglich ist, dass meine Mutter, die vier Kinder großgezogen hat, bei den Launen eines einzigen Säuglings den Kopf verliert, nur weil es sich um meine Tochter handelt? Was für ein Stress …«

»Da ist nichts zu machen.« Maria Pia Cardano schüttelte den Kopf. »Die Kinder wollen immer die Mama … vor allem, wenn sie zum Essen ausgegangen ist und sie feierlich versprochen haben, keine Geschichten zu machen. Ich kann jetzt langsam wieder aufatmen, aber als Vincenzo in Martinas Alter war … erinnerst du dich, Angela? Es gab kein Abendessen, bei dem ich es bis zum zweiten Gang geschafft hätte, jahrelang …«

»Es kommt ganz darauf an, wie du sie erziehst.« Costanza schlug die Beine übereinander und warf ihr langes Haar zurück. »Matteo zum Beispiel schläft, wenn das Kindermädchen da ist.

Sie ist seine Bezugsperson. Keine Großeltern, um Himmels willen … die verwöhnen sie zu sehr. Matteo weiß, dass es Grenzen gibt, und an die hält er sich. Das ist das Geheimnis.«

Santovito schlang die Nachspeise mit zwei Bissen in sich hinein und rülpste. Sicher, dachte er gereizt, was sonst kann der arme Kerl mit zwei Jahren tun, er muss es doch nehmen, wie es kommt.

»Luigi, gehen wir?«, drängte Angela. Sie hatte ihre Torte zur Hälfte stehen lassen und hielt schon die Tasche in der Hand.

Santovito streckte die Gabel aus und spießte Angelas halbes Stück auf, während er sich erhob, sich verabschiedete und entschuldigte. »Oh … Baby … was machst du, kommst du mit uns?«

Baby sah ihn über das Glas hinweg an. »Ich weiß nicht …«, antwortete er unsicher.

»Wir müssen los, Baby, kommst du nun oder nicht?«, drängte ihn Luigi, der nur mit Mühe sprechen konnte, weil der Bissen doch zu groß gewesen war.

»Ich weiß wirklich nicht …«

»Maria Pia, Costanza, kümmert ihr euch um Baby?«, kürzte Angela das Ganze ab und wandte sich zum Ausgang. »Auf Wiedersehen alle miteinander … beeil dich, Luigi!«

»Also … wir sehen uns, Baby … ich rufe dich wegen dieser Sache an, Pierguido … und meine Empfehlungen an alle!«

»Ich könnte auch mitkommen«, murmelte Baby Perri, während die Santovitos zum Parkplatz eilten. »Vielleicht euch zu deiner Mutter begleiten … euch helfen, Martina zu beruhigen … ich kann gut mit Kindern. Dann gehe ich mit euch, wir trinken noch ein Schlückchen, legen ein bisschen Musik auf und unterhalten uns in aller Ruhe … vielleicht sogar die ganze Nacht. Es ist so schön, mit Freunden zu reden, wenn die Nacht immer später wird …«

Alessandro streckte eine Hand aus, um ihm das Taschentuch zu geben.

Es war windig auf der Terrasse, und die Lampions schaukelten sanft in der Nacht, warfen Bilder aus Licht und Schatten auf den runden Platz, dessen Boden so zementiert war, dass sich die Illusion von Pflaster ergab.

Alessandro nahm einen Schluck von seinem Whisky mit Eis und schaute aufs Meer hinaus. Die Lampen der Fischerboote hatten sich der Küste genähert, kündigten still ihre baldige Rückkehr an. Doch ein Teil der Nacht musste noch vergehen, bevor das Licht des Tages sich am Horizont zeigen würde.

Ein kräftigerer Windstoß wehte die Papierservietten von dem Tischchen, jagte sie über den ganzen Platz. Etwas entfernt, in einer dunklen Ecke erhob sich Gelächter, zwei Stimmen, die sich verbanden, wieder im Wind verloren; ein sehr junges Paar in Jeans und Blousons, vielleicht verzaubert von den ersten Nächten ihrer Liebe.

»Geht es besser?«

Baby putzte sich die Nase und antwortete mit einem zweimaligen Nicken. Die schwankenden Lichter der Lampions spielten mit seinen hellen Locken, warfen Licht- und Schattenflecken auf seinen Kopf, den er geneigt hielt. Er legte das Taschentuch auf den Tisch und nahm sein Glas in die Hand. Eine einsame Träne lief ihm noch die Wange hinunter, doch Baby kümmerte sich nicht darum und hob das Glas an die Lippen.

Er muss sturzbetrunken sein, überlegte Alessandro, doch

abgesehen von seiner schweren Zunge und dem üblichen Gejammer darüber, dass er die falsche Frau geheiratet hatte, hielt sich Baby noch, trotz der Menge Alkohol, die er in sich hineingegossen hatte: literweise Aperitifs, Weine und diverse hochprozentige Sachen. Und doch zündete er sich mit sicherer Hand eine Zigarette an, ohne sie sich falsch herum in den Mund zu stecken oder sich die Finger zu verbrennen oder sie fallen zu lassen, wie es zum typischen Repertoire von Betrunkenen gehörte. Wenn überhaupt, dann war er ihm zu Beginn des Abends sehr viel unsicherer erschienen, als er angefangen hatte, mit Isabella zu streiten, gerade so, als würde Alkohol ihn klarer im Kopf machen, wie Baby übrigens jedem zu erklären versuchte, der wollte, dass er mit dem Trinken aufhörte.

Was ihn selbst anging, wusste Alessandro, dass es eine gefährliche Gratwanderung für ihn war. Er war es nicht gewöhnt, regelmäßig zu trinken, und mit Freunden zu trinken bedeutete, sich einen gewaltigen Rausch zu holen, nicht mehr und nicht weniger als einen Hammerschlag auf den Kopf. Er beneidete Baby um seine Selbstkontrolle, vorausgesetzt, es handelte sich um einen willentlichen Akt und nicht um reinen Alkoholismus. Doch er wusste, dass er es sich niemals erlauben könnte, das Gleiche zu tun.

Er war schon kurz zuvor, bei seinem zweiten Whisky, ein großes Risiko eingegangen – angesichts der ausufernden Zecherei beim gemeinsamen Essen –, als Baby angefangen hatte, über Isabella zu jammern, darüber, wie sehr sie sich lieben oder es sich einfach nur gut gehen lassen könnten, wenn sie sich nicht mit diesem Panzer umgeben hätte, den sie als ihre »Art zu leben« bezeichnete.

»Ich habe nie etwas von ihr verlangt«, hatte Baby unter Tränen gesagt. »Ich habe ihr die Erziehung der Kinder vollkommen anvertraut, obwohl mir eine gewisse Härte nicht gefiel, ich habe ihr alles Geld gegeben, das sie wollte. Scheiße, ich spreche nicht von Geld, ich spreche von Wünschen, von Schwächen … von Träumen, aber sie … sie spricht eine andere Sprache … die Sprache der Valle. Sie hat die Kleinlichkeit ihrer Familie übernommen. Am Anfang war mir das egal. Weißt du noch, wie Isabella war, Alessandro, erinnerst du dich daran? Blond, zart … und doch so entschlossen. Ich dachte, dass wir zusammen ein wunderbares Leben haben könnten. Mir gefielen solche Heulsusen wie Lena nicht, und auch nicht der Typ kleine Hausfrau wie Angela. Isabella war eine gute Reiterin, sie fuhr mit hundertfünfzig auf Cardanos Guzzi durch die Gegend, sprang vom höchsten Felsen ins Meer, sie war das einzige Mädchen, das nicht loskreischte, wenn im Pinienwald eine Schlange auftauchte. Wir werden uns das ganze Leben lang amüsieren, dachte ich. Ich habe nie einen anderen Gedanken gehabt. Deshalb habe ich sie so schnell geheiratet, damit wir für uns waren und es uns gut gehen lassen konnten … sie und ich.«

Alessandro hatte noch einen Whisky bestellt, ohne darüber nachzudenken, und er hatte ihn in einem Zug ausgetrunken.

»Ich erinnere mich«, hatte er bestätigt. »Doch nichts ist von Dauer …« Er wollte sich also das ganze Leben lang amüsieren. Das hatte sich Baby Perri wirklich gewünscht, der Baby Perri mit den Locken im Wind und den makellos weißen Hosen, als sie zwanzig waren. Während er selbst kämpfte, um es zu schaffen, um aufzusteigen, träumte Baby davon, sich mit einer oberflächlichen Frau, die über nichts nachdachte, zu amüsieren. Herrgott, wie oft muss man die Vergangenheit umschreiben? Ich dachte, dass alle wer weiß was werden wollten, wie ich. Ich dachte nur, dass sie mehr Stil hätten, dass das Geld und die soziale Stellung sie zurückhaltender machten, dass sie ihre Ziele nicht so deutlich erkennen ließen … doch Baby wollte sich einfach nur amüsieren. Er hatte einen kleinen, bescheidenen Traum. Einen Traum wie aus einem Comic.

»Wir hätten ein wunderbares Leben haben können. Sicher, ich hätte mich trotzdem um das Land kümmern müssen, die Firma, um das blöde Öl und die Tomaten … aber stell dir nur vor, wie wir uns hätten amüsieren können … stell dir das nur vor …«

Baby hatte seinen Whisky hinuntergestürzt und mit den Fingern geschnippt, um sich noch einen zu bestellen, dann hatte er angefangen zu weinen, wie ein Kind, dem ein unaufmerksamer Erwachsener die Sandburg zertreten hat.

An diesem Punkt war es gewesen, dass Alessandro angesichts dieser in Trümmern gegangenen Fantasie, die so sehr einem amerikanischen Film aus den dreißiger Jahren ähnelte, plötzlich Mitgefühl gehabt hatte. Mit dem vierten Whisky in der Hand und einem Mitleid, das ihm die Kehle zuschnürte, hatte er überlegt, ob er es ihm sagen sollte … ihm alles erzählen sollte … von Costanzas Golf, der im Sand stecken geblieben war … von der großen Jagdsaison, die bald eröffnet würde … von der momentanen Erleichterung, mit ihm hier zu sein, auf dieser Terrasse, über die der Wind fegte, nach der trostlosen Aufgekratztheit des Abendessens.

»Du verstehst mich, Alessandro«, hatte Baby mit heiserer Stimme herausgebracht. »Ich weiß, dass du dich in einem Trümmerhaufen bewegst … doch denk mal an mich! Ich schaffe mir die Trümmer jeden Tag selbst, mit meinen eigenen Händen, weil ich bei Isabella bleibe und es hinnehme, mich einer Gouvernante zu unterwerfen, die einst meine Frau gewesen ist … ohne irgendeine Lust, nach Hause zu gehen.« Er hatte ihn angesehen und ihn plötzlich angelächelt, mit diesem Lächeln, das so klar wie ein Sommermorgen war. »Weißt du, was ich getan hätte, wenn du heute Nacht nicht hier bei mir geblieben wärst? Ich hätte mich trotzdem an dieses Tischchen gesetzt, allein. Ich hätte das Doppelte getrunken und mir die ganze Geschichte erzählt, allein … es wäre nicht das erste

Mal gewesen. Jetzt wollen alle immer nur nach Hause … aber früher … erinnerst du dich? Wir gingen aus, um eine Pizza zu essen, und fanden uns in der Morgendämmerung am Meer wieder. Das kommt heute nicht mehr vor. Sie wollen nach Hause. Sie haben Frauen, die todmüde sind, Kinder, die weinen, Arbeit, die auf sie wartet, auch wenn morgen Sonntag ist … Scheiße.«

Es war eine große Gefahr gewesen, doch der Moment war vorbeigegangen. Er hatte sich gezwungen, das Glas auf den Tisch zu stellen, ohne einen Tropfen zu trinken, denn er wusste, dass ein weiterer Schluck genügt hätte, alles zu erzählen, von Costanza, von Marella … und von der Rache, vor allem davon. Und dass dies bedeutet hätte, die Rache für immer unmöglich zu machen. Es hätte keine Rache mehr gegeben, wenn er mit Baby darüber geredet hätte, das war klar. Es hätte genügt, darüber zu reden, und der Nachtwind hätte sie für immer über dem Meer verweht … dann wäre nichts mehr geblieben.

Er hatte Baby das Taschentuch gereicht und an seinem Whisky nur sparsam genippt, einen Schluck für jedes weitere Glas, das Baby unerschrocken bestellt hatte.

Doch Baby ging es nun entschieden besser. Er rauchte ruhig, sein Blick nur ein wenig benebelt, wie bei einem, der ein paar Gläschen zu viel getrunken hat.

»Entschuldige, dass ich mich habe gehen lassen«, murmelte er in die Stille der Nacht hinein. »Isabella hat mich heute Abend wütend gemacht … aber auch Luigi … er sollte mich nach Hause bringen, er hatte es versprochen … aber dann … Und weißt du, was Costanza gesagt hat? Ich habe es gehört, als sie sich geweigert hat, mich mitzunehmen. Sie dachte, ich wäre zu betrunken, um es zu verstehen. Sie hat zu Pierguido gesagt, sie hätte keine Lust, dass ich ihr das Auto voll kotze …«

Sie hatten die anderen einen nach dem anderen abfahren

sehen. Die Napolitanos zuerst, Costanza war müde. Nein, sie konnten Baby Perri nicht mitnehmen, die Cardanos würden sich darum kümmern. Doch die Cardanos hatten die Corradis im Auto. Salvatores Station Wagon war seit mehr als einer Woche in der Werkstatt. Emma wollte schon sagen, dass sie es übernehmen würden, doch Franco hatte sie gestoppt. Warum sich um Baby Perri kümmern, wo ihn doch so viele Leute mitnehmen konnten? So waren sie allein auf dem leeren Parkplatz zurückgeblieben, während die großen Autos der anderen schon auf dem Heimweg waren: Francos Volvo, Pierguido Napolitanos schwarzer Maserati, Michele Cardanos rauchgrauer Mercedes-Benz – er und Baby, beide ohne Lust, nach Hause zu gehen, und ratlos, was sie tun sollten.

»Du bist so kühl zu Pierguido gewesen, oder irre ich mich?«, fragte Baby mit einem leichten Stirnrunzeln.

»Sagen wir mal, er hatte mir versprochen, sich um eine gewisse Angelegenheit zu kümmern ... und hat es in letzter Minute doch nicht getan.« Er musste das Thema unbedingt beenden. So betrunken Baby Perri auch war, er hatte doch mitbekommen, wie flüchtig Pierguido und er sich die Hand gegeben und wie distanziert sie sich verhalten hatten.

»Ah, gut, es ging also um Geld ... und ich hatte schon gedacht ... ach nichts, entschuldige ...«

»Was hattest du gedacht?«

»Vergiss es ... es geht ja offensichtlich um Geschäfte. Ich bin wirklich der letzte Romantiker ...« Baby streckte sich und warf ihm einen forschenden Blick zu. Er schien jetzt vollkommen klar, fast nüchtern. »Aber ... warum soll ich es dir eigentlich nicht sagen ... wo es ja nicht stimmt. Ich dachte, es ging um ... Eifersucht, oder wie du es nennen willst.«

»Eifersucht ... wer sollte denn auf wen eifersüchtig sein?« Jetzt war er verblüfft. Und Baby wacher denn je. Er musste auf der Hut sein, jedes einzelne Wort abwägen.

»Was weiß ich … Eifersucht wegen Costanza. Aber ich stelle hier kein Verhör mit dir an … Gott bewahre. Ich hatte nur das Gefühl, dass zwischen euch dreien heute Abend irgendwas nicht stimmte …« Er sagte das leichthin, fast in einem Plauderton. »Aber wenn es sich um Geschäfte handelt, komme ich nie darauf. Ich begreife es immer nur, wenn es ums Bumsen geht. Bitte entschuldige, ich wollte nicht indiskret sein. Das Problem ist, dass ich nur auf unglückliche Ehen und perfekten Ehebruch spezialisiert bin. Nimm mal den Fall von Emma und Franco … Glaubst du, ich weiß nicht, wie das endet, egal wie es nach außen hin aussieht? Frag mich nur, wie es endet … Baby Perri weiß alles … frag mich, was du willst, auch über mich, wenn es dich interessiert …«

Und endlich begriff Alessandro, dass Baby wirklich betrunken war, jenseits des Zustands normalen Betrunkenseins, wie ihn ein durchschnittlicher Mensch begreifen könnte. Eine Art zweites Stadium, für Kenner. Was kam nach diesem zweiten Stadium? Worauf wollte Baby Perri hinaus?

Er stand vom Stuhl auf und vertrat sich die Beine. Ich will keine Prophezeiungen über Franco und Emma, und auch nicht über mich oder irgendjemanden sonst. Und ich will das dritte Stadium nicht erleben, das du in Kürze erreichen wirst, wenn wir unseren Arsch nicht hochbekommen. Die Nacht geht zu Ende, Baby, und ich habe die Clique bis zum Überdruss genossen. Tut mir Leid, aber ich kann mich nicht mit dir totsaufen. Ich würde es tun, wenn nicht die große Jagd bald eröffnet würde. Tut mir Leid, aber das ist unser erster und letzter Junggesellenabend. Du hast zu viel Ausdauer für mich.

»Was? Sag mir nicht, dass du schon nach Hause willst?«, stöhnte Baby.

»Es ist vier Uhr. Und morgen früh summt mir der Kopf …« – und ich will mir gar nicht vorstellen, was mit deinem Kopf morgen los ist.

»Brummt, nicht summt ... Ein Kopf summt nicht, sondern er brummt. Kein Mensch in diesem blöden Ort hier kann mehr richtig reden ... ein allgemeiner Verfall. Man muss nur mit dem Auto ein bisschen durch die Gegend fahren ... die Orte, die Stätten, die einst fruchtbare Wiegen der Kultur waren, gibt es nicht mehr, sie sind verschwunden, sogar schlimmer, zu Autobahnausfahrten herabgewürdigt. Alles heruntergekommen ...« Baby schüttelte den Kopf, die Zigarette zwischen die Lippen gepresst und den Blick starr auf den Zementboden gerichtet.

Alessandro setzte sich wieder hin, stützte die Ellbogen auf den Tisch und fegte mit einer raschen Bewegung Babys Glas hinunter. »Jetzt reicht es«, fuhr er ihn an. »Steh auf, damit ich dich nach Hause bringen kann. Das ist kein Rausch mehr, das ist Selbstmord. Außerdem wollen sie schließen, sie warten nur auf uns ... Steh auf, Baby, sofort.«

Baby schnaubte, warf einen bedauernden Blick auf den vergossenen Drink, legte schließlich eine Hand auf den Tisch und schaffte es hochzukommen. »Mein Freund ...«, murmelte er und stolperte über den Stuhl, »mein großer Freund ... *Alessandro il Grande*«, und umarmte ihn.

Wenn er ihn zurückgestoßen hätte, wäre er hingefallen, und trotz der Lektion in korrektem Sprechen verdiente er das nicht. So hielt er ihn, ebenfalls unsicher auf seinen Beinen, doch er war sich der Komik der Szene bewusst. Zwei gestandene erwachsene Männer, die sich auf einer vom Wind umtosten Terrasse bei Mondschein umarmten. Aber es war niemand mehr da, der darüber hätte lachen können, niemand außer Giuseppe, der gut wusste, wie viele Flaschen sie geleert hatten. Und Giuseppe schwieg wie ein Grab.

Nein, es gab keinen Grund, sich nicht noch ein wenig gegenseitig zu stützen, an diesem verlassenen Ort, so, wie es streunende Hunde tun, wenn sie sich aneinander schmiegen, um die eisige Nacht zu ertragen.

Die Wohnung strahlte im goldenen Licht des Morgens, auf Hochglanz poliert, als hätte ein Heer dienstbarer Geister sie von oben nach unten gewendet, den Schmutz aus jeder Ecke entfernt, gefegt, Staub gewischt, abgewaschen und alle Flächen gewienert – und aus dem Bad drang die Stimme Marellas, die unter der Dusche ein Lied trällerte.

Die für jemanden, der nicht so genau hinsah, kaum wahrnehmbare, langsame Veränderung des Zustands der Wohnung wurde an jenem Aprilsonntag, als es der Sonne gelang, die letzten Reste des Winters zu verjagen, mit einem Mal sichtbar.

Alessandro saß beim Frühstück in der Küche, und während Marellas Stimme immer wieder aus dem Bad zu ihm herüberdrang, besah er sich perplex die vor Sauberkeit strahlenden Elektrogeräte und Hängeschränke, den Glanz des Keramikbodens und die spiegelblanken Fensterscheiben. Man hätte meinen können, die ganze Wohnung wäre erbarmungslos mit Wasser und Seife geschrubbt worden. Das Ergebnis war derart perfekt, dass es einen auf gewisse Art verwirrte, und es war klar, dass das Ganze nicht an einem Tag passiert sein konnte, sondern eine ganze Weile gedauert haben musste. Viele Tage, an denen er nicht auf die allmählichen Veränderungen geachtet hatte, weil er zu beschäftigt damit gewesen war, schnell aus der Kanzlei zu auswärtigen Mandanten zu gelangen, vom Besitz Battistini mit schlechtem Gewissen zu seinem neuen erotischen Abenteuer, und erst jetzt, in der entspannten Ruhe des Sonntags, war die Veränderung vor seinen ungläubigen Augen offenbar geworden.

Marella betrat die Küche in ihrem weißen Morgenmantel, einen rosa Turban um ihr frisch gewaschenes Haar geschlungen, ihr Gesicht entspannt wie bei jemandem, der gut geschlafen hat.

»Gute Laune?«, getraute sich Alessandro nach Wochen des Schweigens zu sagen.

»Einigermaßen ...«, gab Marella zu, zuckte die Schultern und goss sich eine Tasse Kaffee ein. Er kannte sie gut genug, um zu wissen, dass es ein halbes Eingeständnis war. Als wäre sie zwar guter Laune, hätte ihre Stimmung aber nichts mit ihm zu tun. Nun, das war nicht viel ... doch dieses wenige reichte aus, verglichen mit dem hartnäckigen Schweigen der letzten Monate, den ständig zusammengepressten Lippen, die ihr Gesicht schon zu einer Grimasse deformiert hatten.

»Großer Frühjahrsputz?«

»Die Wohnung war schmutzig«, begnügte sich Marella festzustellen, ganz konzentriert auf das Stück Brot, das sie mit Butter bestrich.

»Mir ist es erst jetzt aufgefallen ... du hast hart gearbeitet.«

»Es war notwendig.« Marella biss in ihr Brot und trank genüsslich einen Schluck Kaffee.

»Hör mal ... ich denke gerade ... ich muss auf einen Sprung raus aufs Land ... zu Emmas Besitz. Ich fahre allein, um zu kontrollieren, ob alles verriegelt ist. Wenn du willst, können wir zusammen fahren, es ist ein herrlicher Tag.«

»Ich habe Wäsche zu waschen und muss die Wohnzimmergardinen bügeln. Aber trotzdem vielen Dank.« Marella stand auf, brachte die Tassen zur Spüle und begann sie abzuwaschen.

»Ich meine es ernst«, versuchte Alessandro es weiter. »Das kannst du doch morgen machen ... lass uns fahren.«

Marella hatte ihm den Rücken zugewandt, während ihre kleinen, kräftigen Hände die Tassen schrubbten – und schüttelte den Kopf.

»Warum?«

Sie drehte sich um, im hellen Licht der Aprilsonne, das durch das Fenster ins Zimmer flutete, und der Anflug eines Lächelns umspielte ihren Mund. »Ich kann nicht. Vielleicht ein andermal. Es ist nett von dir, dass du dir Sorgen um mich machst«, sagte sie und wandte sich wieder dem Spülbecken zu.

»Das ist keine Frage der Nettigkeit!«, explodierte Alessandro. Er sprang auf und warf sein Brot auf den Tisch, ging ein paar Schritte auf sie zu. »Nettigkeit hat nichts damit zu tun … ich will …«, sagte er und versuchte den Ton seiner Stimme zu kontrollieren, »ich will, dass wir …«

Sie spülte die Tassen unter dem fließenden Wasser ab. »Was?«, fragte sie zerstreut, ohne sich auch nur umzuwenden.

»Lieber Himmel, Marella, ich versuche nur …«

Marella seufzte resigniert und hantierte weiter geräuschvoll mit dem Geschirr herum. »Was ich sagen will«, erklärte sie, »du bist nicht verpflichtet, nett zu sein, nur weil ich die Wohnung sauber gemacht habe. Es war nötig, nachdem sie monatelang vernachlässigt war. Ich versichere dir, dass du mir keinerlei Dankbarkeit schuldest.«

»Dankbarkeit … wer redet denn von Dankbarkeit?« Mit zwei Schritten war Alessandro am Spülbecken. Er streckte die Arme nach ihr aus, legte seine Hände auf ihre Hüften. Er streichelte sie, bis hinauf zu den Schultern. Er beugte sich vor, um ihren Hals zu küssen – sie war so klein – »Marella …«, murmelte er und schob ihr den Bademantel von den Schultern.

»Hör auf«, sagte sie knapp, ihr Körper verkrampft, die Schultern im Griff seiner Hände erstarrt. Warum?, hätte er sie fragen mögen. Stattdessen hielt er sie fest. Er grub die Finger in ihre weichen Schultern, die nach der feinen Essenz des

Schaumbads dufteten, drückte fester und fester … Himmel, jetzt reicht es!

»Was tust du? Bis du verrückt geworden?«, schrie Marella und versuchte sich seinem Griff zu entwinden. Keuchend, die Augen vor Erstaunen aufgerissen. »Alessandro!«

Er ließ mit einem Mal los. Wich ein paar Schritte zurück und sah sie an. Der rosa Turban hing schief herunter. Der Morgenmantel war offen. Bläuliche Spuren seiner Finger auf den Schultern. »Das wollte ich nicht … wirklich, Marella, das wollte ich nicht …«

Marella hatte ihre Schultern mit den Händen gefasst und fuhr instinktiv über die blauen Fingerabdrücke. Sie starrte ihn ihrerseits an. Ungläubig, aber auch resigniert. Vielleicht sogar leicht ironisch.

»Natürlich wolltest du das nicht«, sagte sie schließlich, zog ihren Morgenmantel zusammen und band den Turban wieder um ihr nasses Haar.

»Du musst mir glauben …«

»Ja … sicher«, sagte sie und zurrte entschlossen den Gürtel ihres Morgenmantels fest. »Aber jetzt ist es besser, wenn du gehst. Allein, mit Emma, oder mit wem du willst. Habe ich mich klar genug ausgedrückt? Geh, Alessandro. Lass mich in Frieden.«

Klar? Mehr als klar, dachte Alessandro, während sein 164 holpernd über den Feldweg fuhr. Doch es gab da etwas, das er nicht verstand. Die Wohnung auf Hochglanz poliert, nach Monaten der Unordnung und des Schmutzes, sie, die im Bad vor sich hin trällerte, frisch wie eine Rose … und all dies sollte nichts mit ihm zu tun haben! Und dann ihr überlegenes Getue. Dieses unerträgliche überlegene Getue. Himmel, und wenn es mir nicht gelungen wäre, mich zurückzuhalten? Wenn ich sie …

Er kam mit dem Hinterrad auf einen Stein, und der Wagen

schlingerte ein bisschen. Er brachte ihn zurück auf den Weg, fuhr langsamer und achtete mehr auf die mit Schlaglöchern übersäte Strecke. Diese Wege hätten geteert werden müssen, doch die Verwaltung zögerte. Und Emma, die Letzte der Battistini, hatte nicht genügend Einfluss, um eine asphaltierte Zufahrt zu ihrem Besitz zu erreichen. Er könnte wetten, dass es hier, wenn Mario Rizzo den Besitz Battistini kaufte, innerhalb eines halben Jahres eine Rennstrecke statt dieses alten schmutzigen Feldwegs geben würde. Nur dass Mario Rizzo den Besitz nicht bekommen würde, nicht einmal, wenn er ihn mit Gold aufwog.

Doch er musste weiter an Marella denken. Er war besorgt darüber, welche absurde Wendung die Situation zu Hause nahm, in dieser Phase konnte er keinerlei Veränderung gebrauchen. Die große Jagd würde bald beginnen, und er wollte sich ganz darauf konzentrieren … es hätte ihm gerade noch gefehlt, dass plötzlich eine neue Front eröffnet worden wäre und sein sorgfältig vorbereitetes Unternehmen torpediert hätte. Er könnte mit Emma darüber sprechen. Vielleicht würde sie klarer sehen. Jedenfalls was Marella anging, denn was ihn betraf, darüber wollte er jetzt nicht nachdenken. Diese blauen Fingerspuren … eine Aufwallung von Wut, das war es gewesen. Nur eine Aufwallung von Wut.

Das Handy klingelte. Bestimmt Santovito. Er hatte versprochen, ihm bis Sonntag eine Antwort wegen des angrenzenden Grundstücks zu geben.

»Alessandro?«

Er bremste auf der Stelle, war unfähig, eine vernünftige Antwort zu geben. Himmel, er hatte es erfahren! Irgendjemand, vielleicht Costanza selbst, hatte es ihm erzählt.

»Ich kann nichts hören … wer ist da?«, nuschelte er, bevor er die Verbindung unterbrach. Doch er würde wieder anrufen. In zwei Minuten oder fünf Minuten oder in einer Stunde …

das war egal. Er musste überlegen, eine Lösung finden. Wer konnte geredet haben? Bestimmt nicht Costanza, welchen Sinn hätte das gehabt? Und neulich abends auf der Terrasse … was hatte Baby gesagt? Hatte er von irgendeinem Verdacht erzählt? Er konnte sich nicht genau erinnern, er hatte zu viel getrunken … aber er schloss aus, dass Baby Pierguido irgendwelches dummes Zeug erzählt hatte. Baby Perri hatte ein einziges Ziel in seinem Leben, nämlich sich selbst zu zerstören, doch ansonsten war er der rechtschaffenste Mensch auf Erden, falls er sich nicht mit Pierguido unmäßig betrunken hatte. Aber das war sowieso nicht das Problem. Es war nicht wichtig, *wer* ihm etwas gesagt hatte, sondern *was* man ihm gesagt hatte. Und wenn er aus einem anderen Grund anrief? Vielleicht wollte er Informationen über den Besitz Battistini … doch das schien ihm wenig wahrscheinlich. Nach dem stillschweigenden Abbruch ihrer Beziehungen beschränkte Pierguido sich darauf, ihm höflich die Hand zu geben und ab und an oberflächlich »wie geht's?« zu fragen. Wenn er ihn also anrief, dann wegen etwas Neuem – und das Neue konnte nur Costanza heißen.

Das Handy klingelte erneut. Er musste sich der Situation stellen und das Beste hoffen.

»Pierguido?«

Wo war er? Er wollte kurz mit ihm sprechen, privat … ja, auf dem Besitz Battistini passte sehr gut, warum nicht … jedenfalls hätten sie da ihre Ruhe. In einer halben Stunde könnte er da sein. Ende des Gesprächs. Das war aber nicht Pierguidos Stil! Wenn ihm wirklich einer das zugetragen hätte, was er fürchtete, hätte Pierguido weit ausgeholt und sich eine raffiniertere Strategie überlegt. Er war immer ein Ästhet gewesen, auch bei der Rache. Er war sicher nicht der Typ, der die Sache mit einer Prügelei regelte. Aber es handelt sich um seine Frau, Alessandro, und du stellst seine Nerven auf eine harte Probe.

Er wartete am Anfang des Weges auf ihn, dort, wo sich der zweite Zugang zum Besitz befand, in unmittelbarer Nähe des Meeres, wo der Geruch nach Salz die trockene Aprilluft erfüllte. Er hatte eine halbe Stunde gesagt, doch er war vor ihm angekommen. Er musste aus seinem Maserati angerufen haben.

Alessandro stieg aus und musterte Pierguido. Er trug einen hellblauen Pullover und ein paar alte Jeans, saß auf dem Mäuerchen, das den Besitz begrenzte, und ließ ein Bein baumeln. Er sah keineswegs wie ein wütender Ehemann aus, der entschlossen ist, den Rivalen zusammenzuschlagen – doch da war ein kleines, Besorgnis erregendes Detail: Das ewige Lächeln fehlte. Dies war wirklich etwas, worüber man sich Sorgen machen musste – denn was es ihn auch kosten mochte, Pierguido hatte immer gelächelt, und sei es traurig, selbst bei der Beerdigung seines Vaters.

Er setzte sich neben ihn auf das Mäuerchen, die Muskeln angespannt und die Kehle trocken. »Also?«, fragte er sofort, um der Ungewissheit ein Ende zu machen.

»Also: Du bringst dich in Schwierigkeiten. In Schwierigkeiten, denen du absolut nicht gewachsen bist. Ich komme nicht als Freund, das ist klar. Doch ich empfinde es als Pflicht, es dir zu sagen. Ich rate dir, es sein zu lassen, solange noch Zeit ist. Versuchen wir, realistisch zu sein. Du weißt nicht, in was für eine Scheiße du dich da reinreitest.«

»Wer hat es dir gesagt?«, fragte er und kaute auf einem Grashalm herum.

»Wie kannst du mich so etwas fragen? Hör zu, ich weiß, was du durchgemacht hast, aber das rechtfertigt nichts. Ich muss mich wahnsinnig zusammennehmen, mit dir zu reden. Ich hatte mir vorgenommen, jede Beziehung mit dir abzubrechen, nach dem, was mit Costanza geschehen ist. Und wenn ich jetzt hier bin, dann um ein großes Unglück zu verhindern.«

Irgendetwas stimmte nicht. Er hatte ganz normal über

Costanza gesprochen … und außerdem war das große Unglück schon passiert. Jedenfalls war eine Prügelei nach einem derartig verschwommen-unverständlichen Gerede unmöglich … O Gott, und wenn er vorhat, mich zu erschießen? Er hält eine lange Rede, und dann jagt er mir eine Kugel in den Bauch … doch er hat gesagt, er will ein großes Unglück verhindern. Scheiße, Pierguido, kannst du dich nicht klar ausdrücken? Dann werde ich eben reden.

»Costanza …«, fing er an.

»Lassen wir Costanza aus dem Spiel«, unterbrach Pierguido ihn barsch und ungeduldig. »Die Sache ist abgeschlossen … und außerdem betrifft es dich und mich, und auch unsere Beziehung ist beendet. Reden wir lieber über das, was du jetzt anrichtest … also hast du nichts zu sagen?«

Alessandro kramte auf der Suche nach einer Zigarette in der Tasche – entweder hat er einen Sonnenstich, oder er wird verrückt. Er zündete sich die Zigarette an und fixierte Pierguido, der tief Luft holte, von dem Mäuerchen stieg und sich vor ihm aufbaute.

»Na gut, dann rede ich eben. Ich verstehe nicht, warum du die Dinge schwieriger machen willst. Du weißt gut, dass ich wegen des Amts, das ich seit Jahren habe, gezwungen bin, mich mit den unterschiedlichsten Leuten zu treffen … ein Ort wie dieser wird innerhalb eines bestimmten Systems regiert. Und was am meisten zählt, sind Informationen. Nun ist mir etwas zu Ohren gekommen, das mich zutiefst beunruhigt hat. Du weißt, worüber ich rede. Deswegen bin ich hier. Um dich davon abzubringen. Um dir begreiflich zu machen, dass du dich auf ein Spiel einlässt, dem du nicht gewachsen bist, in dem du nur eine Figur wärst, die ohne Bedauern geopfert wird.«

Einen Augenblick … Worüber reden wir? Nein … nein, das ist nicht möglich. Das kann nicht sein – die Zigarette fiel ihm aus dem Mund, und er sprang auf.

»Worüber zum Teufel redest du? Was ist dir da zu Ohren gekommen? War das eine Stimme vom Himmel?«

Pierguido wich einen Schritt zurück.

»Lass uns offen reden«, zischte er leise. »Niemand kann dir deine Kinder zurückgeben. Deshalb bist du dabei, einen großen Fehler zu machen. Du hast keine Ahnung, wozu die Leute fähig sind, mit denen du dich da einlässt. Vergiss einmal unseren Streit. Es stimmt, vielleicht bin ich nicht mehr dein Freund und werde es auch nie mehr sein, doch in diesem Moment bist du es, an den ich denke. Alessandro, du schaufelst dir dein eigenes Grab, verstehst du das? Ich weiß, was du erlebt hast, war eine Tragödie, als würde die Welt untergehen … aber glaub mir, was du tun willst, ist einfach wahnsinnig …«

»Weiß du, was du bist? Ein verfluchter Spion … und dann noch einer, der Moral predigt. Woher nimmst du den Mut, mit mir zu reden, gerade du, der mich sofort zum Teufel gejagt hat, weil Costanza-rühr-mich-nicht-an dir gesagt hat, wir wären zwei böse Monster! Und der junge Herr, angewidert von einem derartig pöbelhaften Benehmen, hat mich mit der Genehmigung der Variante im Bebauungsplan verarscht. Und jetzt hat der verfluchte Spion etwas gewittert … von wegen gewittert! Du steckst doch bis zum Hals mit drin, du bist ihr verdammter Kontaktmann in der Politik, das bist du doch. Und weißt du, was ich glaube? Dass du dir kein bisschen Sorgen machst, was mir passieren könnte. Die Wahrheit ist, dass du irgendjemanden deckst, der dich interessiert, jemanden, der in diesem großen fahrbaren Sarg von einem Auto saß, als meine Kinder vorbeikamen. Verpiss dich, Pierguido, sonst warte ich nicht mehr ab, bis ich die Information bekomme, und wenn ich mich in der Person geirrt habe, was soll's … ich habe das ganze Leben vor mir, um den Fehler zu korrigieren.« Sein Blutdruck musste auf dreihundert sein, aber es war ihm vollkommen egal … verdammter Scheißkerl, du und der dich geschickt hat!

»Jetzt müsste ich mich im tiefsten Herzen getroffen fühlen und weggehen.« Pierguido setzte sich wieder auf das Mäuerchen. »Also … du hast dir Luft gemacht. Wollen wir jetzt vernünftig reden?«

»Ich nicht …«

»Ich aber schon. Und du wirst mir zuhören. Denn du warst ein Junge ohne Aussichten, ohne Geld, ohne irgendwas. Und ich habe aus dir den wichtigsten Steuerberater weit und breit gemacht. Und ich war kein alter großzügiger Mäzen, sondern nur einer, der sich daran störte, dass so viele junge Leute, die was im Kopf hatten, chancenlos waren oder vor die Hunde gingen. Ich weiß, was die Leute reden: Pierguido ist schlau. Pierguido ist gut Freund mit jedermann und hat so seine Wähler gesammelt. Gib mal Acht, das streite ich gar nicht ab. Aber während ich meine Wählerstimmen gesammelt habe, habe ich auch ein paar Leuten geholfen, aus der Scheiße herauszukommen. Doch ich rede jetzt nicht von den anderen. Ich rede von dir. Erinnerst du dich? Dein Vater verkehrte bei uns im Haus. Genau wie du. Und niemand hat euch je spüren lassen, dass ihr nichts hattet. Und bei passender Gelegenheit habe ich alles getan, um dich in die richtigen Kreise einzuführen … in *meine* Kreise. Aber da ist noch mehr. Dinge, die du nicht einmal … die du dir nicht einmal vorstellen kannst. Und jetzt setzt du dich hier hin und hörst mir zu. Ich hätte dir nie etwas gesagt … aber du willst zurück in die Scheiße, und das kann ich nicht zulassen. Es ist, als würde man sich selbst ins Gesicht spucken.«

»Aber ich werde dir nicht zuhören, nicht eine Minute.« Alessandro wandte sich dem Auto zu, doch Pierguidos Stimme stoppte ihn auf halbem Weg. Er schrie so laut, dass ein ganzer Schwarm Spatzen aufflog. »Was glaubst du, wie dein Vater während deines Studiums für deinen Unterhalt gesorgt hat?«

Er drehte sich ruckartig um, zwischen den kreischenden

Vögeln, geblendet von der Sonne – und Pierguido hatte immer noch diese wahnsinnig laute Stimme, als würde er ein Gebet sagen, dass unter allen Umständen im Himmel ankommen sollte.

»Erinnerst du dich daran, dass ich dir Geld geliehen habe, wenn du knapp bei Kasse warst? Ich bestätige dir, dass du mir immer alles bis auf die letzte Lira zurückgegeben hast, wenn der Scheck von deinem Vater kam ... aber du weißt nicht, von wem der Scheck wirklich war!« Hör ihm nicht zu, er redet Scheiße. Er erfindet alles, um irgendjemanden zu decken. Er ist nicht dein Freund, er hat dir die Tür vor der Nase zugeschlagen, an dem Tag, nachdem Elisa und Iacopo von einem seiner Freunde überfahren worden sind, einem von diesen Typen aus den alten Familien ...

»Du warst zwanzig, und in diesem Alter ist es leicht, sich irgendetwas vorzumachen«, fuhr Pierguido unerschütterlich in diesem lauten Ton fort, den er noch nie bei ihm gehört hatte. »Und es erschien dir glaubhaft, dass dein Vater es schaffte, dir das Notwendige zu schicken, doch das war mein Geld! Oder besser: das meines Vaters ... aber ich habe ihn dazu überredet. Es war Geld der Napolitanos, hast du das verstanden? Und wir hätten dir auch noch mehr gegeben ... Aber dein Vater sagte, wenn es zu viel wäre, würdest du merken, dass was nicht stimmte. Mein Vater gab deinem Vater den Scheck, und der schickte ihn dir, jeden Monat ... so waren die Abmachungen. Mein Vater hätte ihm lieber die ganze Summe auf einmal gegeben, damit er sich darum kümmerte, sie auf die Monate zu verteilen, doch dein Vater entschied sich für die andere Lösung. Um sich immer daran zu erinnern, was er dir nicht schicken konnte. Das ist alles wahr, frag ihn, wenn du mir nicht glaubst.«

»Du sagst also, dass mein Vater ein Bettler ist ...«

»Du Idiot ... ich sage, dass dein Vater ein Ehrenmann ist.

Ein mutiger Mann. Denn in manchen Fällen braucht man mehr Mut, Geld anzunehmen als es zurückzuweisen. Für ihn wäre es leicht gewesen, seinen Stolz herauszustellen und dich zur Arbeit auf den Bau zu schicken. Den Kopf hoch erhoben und ein Gehalt mehr. Doch er hat den Mut gehabt anzunehmen.«

»Ich müsste mich am Boden zerstört fühlen, ist es das, was du willst?«

»Du solltest dich verantwortlich gegenüber allen fühlen, die dir geholfen haben …«, seine Stimme brach, und trotz der Entfernung, die zwischen ihnen lag, sah Alessandro, dass er nach Luft schnappte.

Er ging ein paar Schritte näher heran, auf der Lichtung war es wieder still geworden. »Gut … ihr habt mir geholfen. Mein Vater hat sich für mich erniedrigt … doch ihr habt mir geholfen. Und auch nachher, nicht? Du hattest einen Haufen Bekannte und hast sie mir vermittelt … du hast mir die allerfeinsten Mandanten besorgt. Aber warum gehen wir nicht weiter zurück in die Vergangenheit? Dir ist es gelungen, mich in deine Kreise einzuführen, wie du mir gerade vorgehalten hast. Und warum sollen wir die Liste deiner Verdienste nicht weiterverfolgen? Die Invalidenrente für meinen Vater und die Stelle bei der Gemeinde für Marella! Warte, lass mich nachdenken … Ja sicher, auch die Kleinigkeit mit der Baugenehmigung, den abgelaufenen Fristen und so weiter … und sicher vergesse ich eine ganze Menge Sachen …«

»Das ist widerlich. Ich will keine Dankbarkeit, und das weißt du. Du willst nur alles durcheinander bringen. Weißt du, was dein Problem ist?«

»O Gott, der Tag der Enthüllungen! Aber sag es mir ruhig … Ihr habt mein Studium bezahlt. Du hast quasi meinen Vater vertreten, alles in allem hast du ein paar Rechte.«

»Du bist verdammt arrogant … und solche wie dich gibt

es einige. Früher Flicken auf dem Arsch und jetzt eingebildet. Leute, die einem das Haus in die Luft jagen, wenn man ihnen auf die Füße tritt.« Bleib ruhig, er will dich nur provozieren. Er verfolgt eine Absicht. Gebrauch deinen Kopf, lieber Himmel! Jag ihn zum Teufel und hau ab, sofort.

»Bist du fertig?«, unterbrach Alessandro ihn. »Dann wollen wir eine Sache klären. Du hast es versucht, in Ordnung. Aber wenn du mir – ich sage nicht: einen Knüppel, nein, wenn du mir auch nur ein Stöckchen zwischen die Beine wirfst, dann bist du mitten drin in dem Schlussgemetzel. Und jetzt setz dich bitte wieder in deinen schönen Maserati, und sieh zu, dass du weggkommst. Ich weiß, was ich tue. Ich brauche keine Väter und keine, die an ihre Stelle treten … einmal angenommen, dass es wirklich darum geht, denn weißt du, da ist ein Gedanke, der mir nicht aus dem Kopf will … nämlich dass du alle Register gezogen hast, um zu verhindern, dass irgendjemand auf die Nase fällt … jemand, an dem dir ganz besonders liegt.«

»*Du* wirst auf die Nase fallen«, sagte Pierguido trocken. »An deiner Stelle würde ich meine Siebensachen packen und mich auf die Suche machen: nach einer anderen Stadt, einem anderen Leben und was du sonst noch willst …«

»Stattdessen werde ich meine Information bekommen.«

»Du wirst einen Namen bekommen, das schon … doch ein Name ist nicht die Wahrheit. Denn das hier ist kein Krimi. Namen sind nichts, doch die Wahrheit kann traurig sein, und ganz und gar nutzlos. Mach dir keine Sorgen, ich werde dich nicht weiter belästigen. Und von jetzt an vermeide es bitte auch, mich zu grüßen. Damit tätest du mir einen großen Gefallen … ich habe dir viele getan.«

Die mit glasierten Rosenblättern geschmückte Torte thronte auf dem Küchentisch, und der Duft von süßem Gebäck, das gerade aus dem Backofen kam, heißer Schokolade, bunten Baisers, mit frischem Obst gefüllten und einem transparenten Schleier aus Tortenguss überzogenen Blätterteigkörbchen durchwehte einladend den heraufschimmernden Tag.

Der Tisch war schon gedeckt, lustige Hampelmänner dienten als Tischkärtchen, und eine Unmenge kleiner bunter Päckchen waren auf dem schneeweißen Tischtuch verteilt. Nagelneue Puppen saßen auf den Konsolen, und es gab Pfeil und Bogen, eine Zielscheibe, winzige Tee- und Kaffeeservice aus blauem Porzellan, eine ganze Serie sonderbarer Figuren, halb Krieger, halb Schildkröten, Märchenbücher und Bildbände mit Dinosauriern und Flugsauriern und sogar ein kompliziertes Videospiel, das noch in Folie verschweißt war, weil Marella aus Angst, es kaputtzumachen, sich nicht getraut hatte, es allein zu installieren.

Es war fast Mittag, und alles war fertig.

Marella saß in einer Ecke und betrachtete das wunderbare Schlaraffenland, in das sie die Küche verwandelt hatte. Es war nicht leicht gewesen, vor allem, was die Spielsachen anging. Sie hatte sie nach und nach kaufen müssen, eine nach der anderen, hatte dauernd die Geschäfte gewechselt und sie im Schrank der Kinder, im Abstellraum, auf dem Hängeboden und wer weiß wo sonst noch versteckt. Wenn sie nun zufrieden das Ergebnis betrachtete, sah sie sich wieder von einem

Laden zum anderen hasten, immer voller Angst, dass jemand ihre seltsamen Einkäufe bemerken könnte. Marella Santoro hat sich entschlossen, das Haus zu verlassen. Und was macht sie? Spielzeug kaufen.

Ein ganzer Monat schneller Fluchten von zu Hause, risikoreiche Ausbrüche, die sie mit Herzklopfen unternommen hatte, immer voller Furcht, dass irgendjemand sie auf der Straße anhalten oder Alessandro von ihren Ausflügen erzählen könnte … Doch alles war gut gegangen. Wie es schien, war ihre plötzliche, sonderbare Aktivität vollkommen unbemerkt geblieben. Gewiss, sie hatte darauf geachtet, in den ruhigen Zeiten unterwegs zu sein, wenn alle bei der Arbeit waren, und hatte Läden ausgesucht, in denen sie noch nie gewesen war; doch sie wusste, dass ihr Plan auch deshalb funktioniert hatte, weil der Ort nicht mehr wie früher war. Vor wenigen Jahren noch wäre Mara Santoro, die trauernde Mutter, erkannt, angehalten, ausgefragt, bemitleidet, eingeladen worden, um kurz einen Kaffee zu trinken. Stattdessen hatte sie sich so frei wie ein Gespenst in den Straßen des Ortes bewegt, war an Hunderten von Bekannten vorbeigekommen, hatte sich unerkannt unter die Kunden erst kürzlich eröffneter Kaufhäuser gemischt, ohne dass irgendetwas geschah. Und das, wo sie sich zu Fuß und im hellen Sonnenlicht durch die Straßen bewegen musste, durch Gassen, in denen unbequeme Zeugen lauern könnten – denn ihr Peugeot 205 stand in der abgeschlossenen Garage, die Batterie abgehängt und seit dem Tag der zerbrochenen Gläser nicht mehr benutzt.

Was auch immer zu ihren Gunsten gewirkt haben mochte, an diesem lichten Morgen des Maifeiertags war alles fertig. Dabei hatte sie bis zum Schluss gefürchtet, es könnte etwas dazwischenkommen. Würde sie es schaffen, die Vorbereitungen vor Alessandro zu verbergen? Es bestand auch die Gefahr, dass er es sich in letzter Minute anders überlegte und beschloss, nicht zu dem Fest in den Bergen zu gehen, zu dem die Santovitos eingeladen hatten, oder dass eine plötzliche Erkältung ihn zurückhielt. Oder ein neuerlicher Wutanfall, wie er sie immer häufiger hatte. Irgendein Hindernis hätte genügt, etwas Unvorhergesehenes in letzter Minute ... sogar dass den Santovitos etwas dazwischenkam. Dass das erhoffte Fest in den Bergen abgesagt würde. Dass es, ganz untypisch für die Jahreszeit, regnete oder blitzte, dass der Himmel einstürzte oder sich die Erde auftat. Sie lachte über die Ängste, die sie über Tage gequält hatten, und bewunderte wieder die Küche. Ihr kam der Gedanke, dass sie dem Haus der bösen Hexe bei Hänsel und Gretel ähnlich war ... doch diesmal würde das Märchen anders gehen. In dem Knusperhäuschen würden die Kinder, die sich im Wald verlaufen hatten, keine böse Hexe finden, sondern ihre Mama, die sie mit weit ausgebreiteten Armen erwartete.

Dabei hatte es am frühen Morgen eine derartige Aufregung gegeben, dass sie für einen Augenblick gedacht hatte, ihre schlimmsten Befürchtungen würden sich bewahrheiten – als nämlich um sieben Uhr morgens Franco Sesta ins Haus gefallen war und sich ganz außer Atem auf die Couch im Wohnzimmer geworfen hatte, mit Augen, die ihm fast aus dem Kopf quollen.

»Was ist passiert? Ist dein Auto kaputtgegangen?«, hatte Alessandro, der noch im Morgenmantel war, ihn verwundert gefragt. »Du hättest mich anrufen können ... dann hätte ich dich abgeholt.« Franco war wieder zu Atem gekommen und hatte sie beide mit glänzenden Augen angestarrt. »Ich komme aus dem Krankenhaus, meine Schicht ist gerade zu Ende. Ihr könnt euch nicht vorstellen, was heute Nacht passiert ist!«

Marella hatte die Fäuste geballt und eine Beschwörungsformel gemurmelt, doch als Franco zu erzählen begonnen hatte, war ihr klar geworden, dass ihrem Maifest keine Gefahr drohte. Der Anruf war offenbar gegen drei Uhr gekommen, und der Krankenwagen war gleich losgefahren. Angerufen hatte man aus dem Castello Rizzo, wie es allgemein genannt wurde, auch wenn es sich eigentlich nur um eine Villa aus den fünfziger Jahren handelte. Als sie angekommen waren, hatten im Haus alle Lichter gebrannt, und eine ganze Reihe von Leuten ergriffen gerade in ihren Autos die Flucht. Auch im Dunkel der Nacht hatte er ein paar der Wagen erkannt, und sein Lachen sprach Bände. Jedenfalls bot sich ihnen im Castello der Blick auf das, was von einem kleinen Fest übrig war. Einigen der prominenten Gäste war es noch nicht gelungen, sich zu entfernen, zu betrunken oder erledigt, um zu begreifen, was sich abspielte. Und die Jüngelchen waren alle noch da, in Stiefeln und mit Nietengurten. Sie waren es gewesen, die angerufen hatten. Als sie gesehen hatten, dass Rizzo leichenblass zusammenbrach und praktisch nicht mehr atmete, hatten sie es mit der Angst zu tun bekommen und den Krankenwagen gerufen. Jetzt drängten sie sich um ihn herum, alle durcheinander, mit Drogen voll gepumpt, verängstigt und mehr oder weniger davon überzeugt, dass er tot war. Doch er lebte noch, und durch die Sauerstoffmaske, die Franco ihm sofort auf sein fahles Gesicht gedrückt hatte, war sein Herzschlag stabilisiert worden, wenn er auch noch sehr langsam ging. »Kannst du dir das vorstellen?«, schrie Franco. »Mario Rizzo splitternackt, kollabiert, und um ihn herum all die durchgedrehten kleinen Schwuchteln! Auf das Krankenblatt haben wir natürlich ›Verdacht auf Lebensmittelvergiftung‹ geschrieben … aber die Analysen, die wir gleich gemacht haben, waren klar: Kokain, in einer so hohen Konzentration, dass er es sich direkt in die Vene gejagt haben muss.«

Marella hatte verblüfft ihren Mann beobachtet, wie er sich setzte, aufstand, sich wieder setzte. Die beiden konnten sich gar nicht mehr beruhigen. Mario Rizzo kollabiert, voll mit Kokain. Bei einem schwulen Fest … »Und weißt du, wen ich bei den Jüngelchen gesehen habe? Den neuen Kellner aus dem Athenaion … kannst du dich erinnern? Und er ist nicht der Einzige, den ich erkannt habe, o nein. Hättest du das gedacht? Und es weiß noch niemand. Die Nachricht ist taufrisch! Das wird beim Fest der Santovitos wie eine Bombe hochgehen! Ja, er kommt durch … der ist hart im Nehmen, der alte Dickhäuter. Natürlich hat man darüber geredet, aber ich bin Arzt, Alessandro, ich weiß, was ich sage, mit dieser Menge Stoff im Blut! Das ist mehr als ab und zu mal eine Nase voll … der hat sich Unmengen reingezogen, das kannst du mir glauben.« Und die beiden hatten immer weiter herumgeschrien und sich auf die Schultern geklopft und Dinge gerufen wie »Denk nur, wenn wir das Luigi erzählen! Stell dir mal Micheles Gesicht vor! Und die arme Lena, die ihren Neffen zu einem Praktikum in seinem Büro schicken wollte!«

Schließlich waren sie mit Verspätung die Treppe runtergerannt, und Alessandros Stimme hatte sich in der Ferne verloren: »Nein, du musst mir die Szene im Castello genau erzählen … in den kleinsten Einzelheiten …« Sie hatte sie noch auf der Straße schreien und überdreht lachen hören, bis der dumpfe Schlag der Türen des 164 dem Radau ein Ende gemacht hatte – o Gott … o Gott, was für eine Bombe, hatte Marella ironisch gedacht.

Die Uhr tickte in der Stille. Halb eins. Und noch nichts. Marella rang die Hände und kontrollierte das letzte Blech, das sie in den Ofen geschoben hatte … Pizza mit Nutella … puh, wie ekelhaft, aber den Kindern schmeckte es.

Sie setzte sich wieder hin und stand erneut auf, um ein Tischkärtchen gerade hinzustellen. Sie betastete ihre Hände – war da schon dieses Jucken? –, doch an den Händen merkte sie nichts, sie waren kühl und entspannt. Sie spürte, wie ihr das Herz unregelmäßig in der Brust schlug und ein Gefühl der Übelkeit in ihr aufstieg. Doch sie konnte sich einfach nicht geirrt haben. Der Traum hatte eine verschüttete Erinnerung in ihr geweckt, die Erinnerung an das kleine Fest, das ihre Mutter früher am Maifeiertag für sie machte. Und die Zeichen, dass alles in diese Richtung ging, waren mehr als deutlich gewesen: die ersten, ängstlichen Besuche der Kinder ... ihr Getrappel, das sie in den letzten Tagen immer lauter gehört hatte. Gegenstände, die verstellt worden waren, Stimmenfetzen ... und Spuren wie das Wasser auf dem Badezimmerboden, ein angebissener Schokoriegel, den sie vor einer Woche auf Iacopos Bett gefunden hatte. Sie konnte sich nicht geirrt haben. Sie musste nur die Geduld haben zu warten, die Kinder würden den Weg finden. Vielleicht war es für sie nicht so leicht. Vielleicht hatten sie sich wirklich wie Hänsel und Gretel im Wald verlaufen. Vielleicht gab es Hunderte falscher Mamas, die in solchen Knusperhäuschen auf sie warteten, böse verkleidete Hexen. Vielleicht würde ihr Mann sie, wenn er am Abend nach Hause kam, in diesem sonderbaren Schlaraffenland finden, zwischen Leckereien und Spielzeug, immer noch wartend, mit aufgerissenen Augen und vollkommen wahnsinnig geworden.

Sie sah wieder auf die Uhr. Zwanzig vor eins. Warum gehst du nicht ins Bad? Im Schränkchen ist Prozac. Du nimmst eine Pille, ist doch egal. Willst du einen Infarkt bekommen? Willst du auch zusammenbrechen wie Mario Rizzo? Los, nimm Prozac, und du wirst sehen, dass die Kinder kommen! Emma hat sie dir eigens dagelassen. Wenn du dich erregt fühlst, wenn irgendetwas nicht geht, genügt eine Tablette – mein Gott, das hörte sich an wie ein Werbeslogan, wie konnte sie einem Werbeslogan vertrauen? Es heißt, diese Pille wirkt Wunder. Vielleicht bringt sie auch die Kinder zurück – und doch war sie sicher, dass sie, wenn sie der Versuchung nachgegeben hätte, wenn sie ins Bad gegangen wäre und eine dieser Pillen geschluckt hätte, dass sie dann die Kinder nicht mehr wiedersehen würde.

Jetzt rufe ich meine Mutter an, dachte sie plötzlich. Ich erzähle ihr den Traum. Ich sage ihr, dass ich Hilfe brauche. Ich brauche ihre Hilfe. Und sie wird mit der üblichen Leier anfangen. Dann wird Papa ihr das Telefon aus der Hand nehmen, mir sagen, ich soll mich beruhigen, und er wird sich mit dem Auto herfahren lassen. Dann wird er Alessandro auf dem Handy anrufen und ihm sagen, dass ich völlig durchgedreht bin und dass er sofort nach Hause kommen muss. Und dann …

Im Wohnzimmer klingelte das Telefon.

Sie hätte am liebsten nicht abgenommen, es herausgezogen, doch es konnte ihre Mutter sein. Ihre Mutter mit einer wichtigen Nachricht … und vielleicht war ihr Vater gar nicht zu Hause. Auf jeden Fall musste sie sich nur kontrollieren, durfte sich nichts anmerken lassen. Sie lief ins Wohnzimmer und nahm das Telefon ab.

»Marella? Hier ist Pierguido. Ich würde gern ganz kurz bei dir vorbeikommen, es dauert nicht lange. Ich muss mit dir sprechen, Marella, es ist wichtig …«

Es tat ihr sehr Leid … aber sie wollte gerade ausgehen. Das ist keine gute Ausrede, Marella! Du willst ausgehen? Vielleicht in den nächsten Tagen … nein, jetzt war es wirklich nicht möglich … es tat ihr Leid, aber … – war Pierguido denn nicht mit den anderen bei den Santovitos? –, nein, er musste sie entschuldigen, doch es war wirklich nicht der richtige Moment … und Grüße an Costanza. Sie legte auf, unsicher, ob Pierguido noch sprach. Ohne nachzudenken, rieb sie mit den Händen über ihren Baumwollpulli. Was wollte der denn jetzt? Ihr auch von Rizzo erzählen? War er denn nicht bei den Santovitos eingeladen? Der hätte ihr gerade noch gefehlt! Sie war sowieso schon so durcheinander… Nimm Prozac!

Nein, zuerst musste sie zurück in die Küche. Und ihr Schlaraffenland noch einmal anschauen ... noch fünf Minuten, nur fünf Minuten ... der festlich hergerichtete Tisch, die Maitorte in der Mitte ... fast hätte man meinen können, dass sie Lockrufe aussandte. Marella legte die Hände auf den Tisch, das Herz schlug ihr bis zum Hals, und ihre Beine zitterten, und sicher war sie sich nur, dass sie im nächsten Moment ins Bad rennen und Prozac schlucken würde, um nicht loszuschreien ... Da spürte sie in der Handfläche ein Stechen, so leicht, dass sie instinktiv die Hand am Tisch rieb, um es zu verscheuchen, und dann wurde daraus ein viel stärkerer, stechender Schmerz, der ihr in den Arm schoss. O Gott! Nein, lauf ins Bad, ans Telefon, das ist ein Infarkt, beweg dich. Sie tat ein paar Schritte und ließ sich schwer auf den Stuhl fallen, den Rücken dem Tisch zugewandt, der Tür, dem ganzen Zimmer, und blieb mit angehaltenem Atem so, die Hände mit dem brennenden Schmerz zu Fäusten geballt, zusammengekrümmt vor Angst und Bangigkeit, entsetzt bei der Vorstellung, dass niemand zu erwarten war oder dass im Gegenteil irgendjemand kommen würde, so anders als die, die sie erwartete, und ihr die Luft zum Atmen nehmen und sie für den Rest ihres Lebens zwischen gepolsterten Wänden schreien lassen würde.

Und dann hörte sie das Trippeln der kleinen Schritte hinter ihrem Rücken. Zuerst leise und fern, dann immer näher, immer lauter, immer realer ...

»Wahnsinn!«, rief Iacopo. »Das ist ... ist ja toll!«

Sie wandte sich mit ausgebreiteten Armen um, ihr Herz eng vor Angst ... und dann hatte sie die Arme voller Kinder. Kinder zum Drücken, zum Küssen ... ihre Kinder! Sie waren so anders als auf den starren Fotos und den verblassten Bildern der Erinnerung, so farbig und lebhaft. Waren sie immer so schön gewesen? Wie hatte sie es aushalten können, auch nur eine einzige Minute ohne sie zu sein? Wie hatte sie es geschafft zu überleben?

»Habe ich heute Geburtstag?«, fragte Elisa, während sie mit verzücktem Gesicht die Unmenge Spielsachen ansah, eine ganze Spielwarenabteilung in der Küche.

»Ach was … heute ist der 1. Mai … das ist ein Fest, nicht wahr, Mama?« Iacopo gab ihr ein Küsschen auf die Nase, dann sah er sich unsicher um. »Können wir die Sachen anfassen?«, traute er sich schließlich zu fragen.

»Aber sie sind doch alle für euch!« Sie bemerkte, dass sie schrie, sie musste unbedingt leiser sprechen, ihren Ton mäßigen, oder sie würde sie am Ende noch erschrecken.

Die Kinder kreischten im Chor und klatschten in die Hände, vor Freude ganz außer sich. Sie sah zu, wie sie herumhüpften, die Geschenke nahmen, sie auspackten, so laut, so fröhlich … lebendig! Sie lief zu Elisa, die dabei war, mit einer Puppe mit goldenem Haar zu sprechen, und umarmte sie, küsste sie auf ihr Gesichtchen, strich ihr zärtlich übers Haar, den pummeligen kleinen Körper, weich, als wäre er gepolstert, das rosa Kleidchen, das sie ihr nie gekauft hatte. Jedenfalls nicht auf dieser Seite der Zeit.

»Dürfen sie auch essen?«, fragte Elisa, ihre neuen Puppen auf den Armen. »Sie haben mir gesagt, dass sie vor Hunger sterben …«

»Du bist dumm!«, lachte Iacopo. »Puppen essen doch nicht.«

»Tun sie doch! Sie haben mir gesagt, dass sie großen Hunger haben, weil sie vorher bei einem bösen Mann waren, der ihnen nur Brotkrumen und Wasser von Regen zu essen gegeben hat.«

»Wasser von Regen! Hast du das gehört, Mama? Elisas Puppen kriegen Wasser von Regen … und Luft von Wind … und …«, er bemühte sich, weitere ähnliche Ausdrücke zu finden, »und Licht von Sonne … und Dampf von Wolken …«

Elisa schlug ihn mit dem Arm einer Puppe. »Mama, er macht sich über mich lustig! Das tut er immer«, fing sie an zu schreien.

»Jetzt hör dir die mal an, Mama, hör dir die mal an!«, fuhr Iacopo hoch. Marella hörte nicht zu, sie verschlang förmlich, was ihre Kinder sagten. Sie war im Paradies. Vielleicht hatte sie wirklich einen Infarkt gehabt, und irgendwo da unten war eine leblose Marella, zusammengebrochen in der Küche zwischen den Maileckereien, die auf den Tabletts hart und trocken wurden ... während sie, fröhlich wie ein Schmetterling, der sich soeben von seinem Kokon befreit hat, ins Paradies geflogen war, im leuchtenden Blütenstaub des Frühlings ihren Kindern entgegen.

Ein Pfeil schoss im Tiefflug durch die Küche und ließ die auf einer Konsole kauernde Porzellankatze in Scherben gehen.

»Auweia ...« Iacopo wurde blass und ließ in Erwartung, dass er ausgeschimpft würde, den Bogen sinken.

»Du hast was kaputtgemacht!«, frohlockte Elisa. »Das geschieht dir recht. Schimpf ihn aus, Mama, er hat deine Katze kaputtgemacht!« Sie schnitt Iacopo ein Gesicht. Der biss sich auf die Lippen, die kleinen Muskeln angespannt, schon bereit zu fliehen.

Marella stand mit feierlichem Gehabe auf.

»Ich habe etwas zu verkünden. Nein, Iacopo, du brauchst nicht wegzurennen. Heute ist ein Fest ohne Grenzen! Ihr könnt machen, was ihr wollt.« Damit Dr. Spock glücklich ist.

»Alles?«, riefen die Kinder wie aus einem Mund.

»Alles«, bestätigte Marella.

»Auch die Kanarienvögel ertränken?« Iacopos Augen glänzten vor Freude.

»Hm ... außer die Kanarienvögel ertränken«, musste Marella einschränken.

»Und seinen Bruder hauen?«, fragte Elisa hoffnungsvoll.

»Das ist auch ausgenommen … es ist verboten, seinen Bruder oder seine Schwester zu hauen.« Sie warf einen viel sagenden Blick auf Iacopo.

»Ah … dann darf man also fast nichts …«, bemerkte Iacopo und schüttelte enttäuscht den Kopf. »Und an den Gardinen hochklettern?«

»Ja, das ist erlaubt. Heute darf man das machen.« Mein Gott, ich fühle mich wie Mary Poppins!

Aus vollem Hals schreiend, sprangen die Kinder zum Fenster, und einen Augenblick später hingen sie kopfüber an dem empfindlichen Musselin und schaukelten immer abenteuerlicher hin und her. Lieber Gott, mach, dass sie nicht mit dem Kopf nach unten fallen! Warum müssen sie immer das tun, was am gefährlichsten ist? Ich muss verrückt geworden sein, ihnen so etwas zu erlauben … »Elisa!« Sie fing sie im Flug auf, als sie kopfüber fiel, nachdem sie einen tollkühnen Sprung zur Lampe versucht hatte. »Du hättest dir den Kopf einschlagen können! Verstehst du? Iacopo, du kommst auch sofort da runter! Jetzt reicht es. Zu Tisch! Nein, keine fünf Minuten mehr … sofort!«

Die Kinder wechselten einen viel sagenden Blick. Ende der freien Spielstunde, das war ja vorauszusehen. »Und die Puppen dürfen nicht mit uns essen, oder, Mama?«, fragte Elisa in einem resignierten, dieser Rückkehr zur Ordnung angemessenen Ton. Mama, sie hatte Mama zu ihr gesagt … sie hatte ganz vergessen, wie dieses Wort aus Elisas Mund klang … ihre Kleine, die sie jetzt traurig ansah, mit einer Träne im Augenwinkel.

»Nicht weinen, Schatz … natürlich können sie mit uns essen. Warum weinst du? Ist es meine Schuld? Elisa, nein … ich tu es nicht mehr, das verspreche ich dir …«

»Uff«, schnaubte Iacopo. »Was für eine Heulsuse! Lass sie, Mama, sie weint doch immer.«

»*Wer bringt sie zum Weinen?*« Jetzt schrie sie wirklich, denn sie konnte ihre Stimme einfach nicht mehr kontrollieren. »Warum weint sie immer, Iacopo? Sag mir, wer sie zum Weinen bringt. Sag es mir!«

»Sie ist eben launisch«, meinte Iacopo, setzte sich an den Tisch und streckte die Hand nach einem kleinen Kuchen aus.

»Wer bringt dich zum Weinen? Antworte mir, Elisa.« Sie fasste das Kind bei den Schultern, unfähig, an etwas anderes zu denken.

»Iacopo«, sagte Elisa schließlich.

»Iacopo … und sonst niemand?«

»Du auch … du und Papa … und Iacopo, der sich immer über mich lustig macht und mir ein Bein stellt und mich mit Wasser voll spritzt und ganz nass macht und …«

War das alles? »Sonst keiner, oder, Elisa?«

»Und auch der Hund von der Oma … wenn er mich anbellt, und irgendwann haue ich ihn …« Marella drückte die Kleine, und es überkam sie eine solche Erleichterung, dass ihr die Tränen in die Augen traten.

»Warum weinst du, Mama?«, fragte Elisa sie verwundert.

Marella schniefte, hob Elisa hoch und setzte sie an den Tisch. »Und die Puppen?«, erinnerte Elisa sie.

Während Marella die Puppen auf dem Tisch unterbrachte, im Kreis und mit ausgestreckten Beinen, warf Iacopo ihr einen unsicheren Blick zu und streckte eine Hand aus, um über eine widerspenstige Locke zu streichen, die ihr immer wieder in die Stirn fiel.

»Weinst du immer noch, Mama? Ist das unsere Schuld?«

Sie schüttelte entschlossen den Kopf. Wie konnten sie so etwas denken? Es war ein Festtag, man musste fröhlich sein … sie hatte Zwiebeln geschnitten, und davon tränten ihr noch die Augen.

»Ich verteidige dich«, sagte Iacopo. »Wenn jemand dich

zum Weinen bringt, sag es mir. Dann kümmere ich mich darum. Wenn jemand dich zum Weinen bringt, bekommt er es mit mir zu tun! Wenn ich groß bin, dann nehme ich ihn mir vor und …« Du wirst nie groß sein, mein Schatz, du wirst nie wachsen … »Du musst es mir nur sagen, dann kümmere ich mich darum. Warum weinst du immer noch, Mama? Glaubst du mir nicht? Ich habe dich lieb, das ganze Leben lang. Und wenn ich groß bin, heirate ich dich! Dann kann dich keiner zum Weinen bringen.« Ich kann das alles nicht ertragen … ich bin tot und bin in die Hölle gekommen, weil ich meine Kinder allein gelassen habe … und dies ist die Hölle … wenn ich an dem Tag ein Fest gemacht hätte, wären sie nicht gestorben … so muss ich es bis in alle Ewigkeit wiederholen, weil ich böse gewesen bin, böse, böse …

»Mama! Die Tränen fallen auf die Nutella-Pizza!« Sie sah Elisa an, die auf so komische Art entrüstet war, und brach in Lachen aus.

»Du bist vielleicht dumm! Siehst du nicht, dass die Mama traurig ist? Aber heute bist du ein bisschen verrückt, Mama … zuerst weinst du, und dann lachst du …«

»Siehst du denn nicht, dass sie Spaß macht!«, verkündete Elisa, die schon ihre Hände nach den Süßigkeiten und Cremeröllchen ausgestreckt hatte, triumphierend.

»Erraten! Natürlich mache ich Spaß! Was ist das denn sonst für ein Fest, wenn wir alle ernst und brav sind?«

»Wahnsinn, Mama, ich wäre fast darauf reingefallen! Aber es war kein guter Spaß … du hast mir Angst gemacht.«

»Tut mir Leid, Schatz, ich wollte dir keine Angst machen.« Marella stand auf und gab ihm ein Küsschen. »Friede?«

»Friede«, lenkte Iacopo ein und erwiderte das Küsschen.

»Und jetzt schneiden wir die Torte an. Wer will das größte Stück?«

»Ich«, schrien die Kinder wie aus einem Mund und streckten die Hände nach dem Zuckerguss mit den Blütenblättern aus.

»Ein Stück für Papa, wenn er zurückkommt«, bestimmte Elisa, während sie die Finger in ihr Stück bohrte.

»Natürlich, Elisa … wir lassen ein schönes Stück für Papa übrig«, versicherte ihr Marella, ohne sich anmerken zu lassen, welcher Ärger sich in ihr regte. Schöner Papa! Geht sich mit dieser Schweinebande amüsieren … doch man musste ein Stück für ihn aufheben, wenn Elisa es so wollte.

»Mama, warum ist Papa nicht da?«, fragte Iacopo.

»Weil er zu einem Fest gegangen ist.«

»Zu einem anderen Fest? Hat ihm unseres nicht besser gefallen?«

»Er hatte es versprochen …« Das ist nicht schön, Marella, was du da machst. Das weißt du, nicht wahr? Doch er hat es verdient, dieser Hurensohn … Berufliche Verpflichtungen, Feste, Vergnügungen … das ist euer Papa. Diese parfümierte Hure.

»Ich verstehe wirklich nicht, warum er nicht zu unserem Fest kommen wollte«, sagte Iacopo ernst. Weil er so dumm ist, dass er glaubt, dass es euch nicht mehr gibt. Dass ihr tot seid … Deshalb habe ich ihn nicht eingeladen. Und das geschieht ihm recht.

Und dann, irgendwann am Nachmittag, vergaß sie alles. Die Katastrophe, das Schwarze Loch, den Großen Rat, die Ängste und Hoffnungen der letzten Zeit, die vorsichtigen Vorbereitungen für den Maifeiertag, die Träume und ihre Mutter, Alessandro und Prozac. Die Kinder breiteten sich mit ihrem neuen Spielzeug lautstark in der Wohnung aus, zerbrachen Ziersachen und machten sich die Kleider schmutzig, stritten und schrien und dachten sich Ringelreihen mit den Puppen und Treibjagden mit Pfeil und Bogen aus. Marella verpasste Iacopo eine

Ohrfeige, weil er Elisas rotes Kleid mit Coca-Cola voll gespritzt hatte, und Elisa weinte und wollte etwas anderes anziehen. Sie sangen Weihnachtslieder, obwohl Mai war, und Elisa kochte einen Wundertee für alle, Ninja-Schildkröten inklusive, und sie spielten eine hitzige Partie mit dem neuen Videogame, das Iacopo in zwei Minuten installiert hatte und dabei über die Ungeschicklichkeit der Mama lachte. Sie erzählten lustige Geschichten aus der Schule, von der Großmutter und aus den Bergen, und sie trugen einen Wettbewerb mit Schimpfwörtern aus, der zu ihrem Entzücken von Elisa gewonnen wurde, auch wenn sie die Hälfte der Wörter nicht richtig herausbekam. »Sie ist doch ein Mädchen, und Mädchen muss man immer gewinnen lassen, sonst jammern sie stundenlang!«

»Habt ihr denn keine Hausaufgaben für morgen?« »Aber Mama, die haben wir doch gestern gemacht, heute ist Feiertag.« »Kannst du mich kämmen, Mama, Iacopo hat mich ganz *zermaust.*« »Zerzaust, Schatz, zerzaust.« »Ich will Schneewittchen sehen.« »Dann kommt die böse Hexe, und du weinst wieder.« »Mama!« »Wie seht ihr denn aus? Heute Abend geht's ins Bad und dann früh ins Bett, und keine Widerrede ... ihr seid todmüde und unglaublich schmutzig.« »Mama ... kann Vanessa mit uns in die Badewanne? Der böse Mann hat sie nie gewaschen ...« »Wahnsinn, sich nie waschen! Das muss toll gewesen sein ... puh, Mama, Wahnsinn ist kein Schimpfwort, und den Wettbewerb hast du doch gewonnen!« »Kann ich was Süßes nehmen, Mama?« »Hallo ... Oma, ich bin es, Elisa ... Oma?« »Nicht mit dem Telefon spielen, Elisa, leg auf.« »Ich wollte die Oma anrufen.« »Leg auf, du kannst sie morgen anrufen, es ist schon fast Zeit fürs Abendessen ... Iacopo! Nicht mit den Pfeilen im Wohnzimmer! Jetzt gehen wir in euer Zimmer und machen einen Wettbewerb im Bogenschießen ... Komm, Elisa, nimm die Zielscheibe ... wo stellen wir sie hin ... aber bestimmt nicht ans Fenster! Wie kommst du nur auf so eine Idee!« »Ich bin dran, ich bin die Kleinste!« »Und schieß, los ... ah, das habe ich geahnt, der Schuss des Jahres! An die Decke! Nein, du kannst nicht noch einmal schießen ... jetzt bin ich dran und dann die Mama. Gib mir den Bogen!« »Elisa, gib Iacopo den Bogen, es wird abwechselnd geschossen ... Elisa!« »Toll! Wieder an die Decke ... Mama, lass uns zusammen spielen ... sie ist zu klein!« »Iacopo, hab ein bisschen Geduld. Elisa, jetzt sind wir dran, gib mir den Bogen, Schatz ... wie funktioniert dieses Ding denn?« »Mama, jetzt bin ich dran ... na gut, dann spiele ich nicht mehr mit ... ihr spielt nicht richtig ... los, gib mir den Bogen, dann zeige ich es dir.« »Daneben, daneben!« »Ja klar, bei dem ganzen Krach ... Nein! Nicht! Ich will es noch mal versuchen ... Du hast schon dreimal geschossen ... Du drängelst dich immer vor, immer!« »Und du ... Papa! Papa ist zurück! Jetzt schießt er, und dann wirst du mal sehen! Papa!« Sie sah die Kinder weglaufen, zur Wohnungstür, die ins Schloss fiel, und folgte ihnen, erhitzt vom Spiel, die Augen noch immer leuchtend ... Sie lief auf den Gang und stand vor Alessandro, der die Schlüssel in der Hand hielt, das Jackett über dem Arm ...

Sie sah sich um, fassungslos.

»Wo ... sind sie hin?«

»Wo ist wer hin?«, fragte Alessandro verwundert.

»Elisa und Iacopo ... wo sind sie? Sie wollten dich begrüßen ... Wo sind die Kinder? Du hast sie doch nicht etwa rausgehen lassen, oder, Alessandro? Wo sind meine Kinder?«

Die Trägerin des Feuers

Die Luft war schon sommerlich warm, sodass Emma den Swimmingpool gefüllt und die Liegestühle an den Rand des großen blauen Beckens gestellt hatte. Jetzt, um zwei Uhr an diesem Sonntagmittag, als die Sonne ihren höchsten Stand erreicht hatte, war die Wassertemperatur so angenehm, dass Alessandro sich nicht entschließen konnte herauszukommen. Er legte noch eine Bahn zurück, schwamm mit kräftigen Zügen und genoss, wie sich im regelmäßigen Rhythmus der Bewegung seine Spannung löste. Er hätte jeden Tag so schwimmen können ... Warum hatte er nicht Emma geheiratet, mit Hof, Swimmingpool und zugehörigen Ländereien? Doch was sollte das? Die Ehe brachte für Emmas Geschmack zu viel an »emotionalem Surplus« mit sich. Und du weißt gar nicht, wie Recht du hast! Er schlug am Rand des Beckens an, drehte sich auf den Rücken und ließ sich vom Wasser tragen, während seine Gedanken gemächlich weiter von einem Bild zum anderen wanderten. Wenn er Emma geheiratet hätte, was für ein Leben wäre das gewesen ... Eine Runde Schwimmen um acht Uhr morgens, vielleicht irgendeine kleine Beschäftigung, nur so, um sich die Zeit zu vertreiben ... am Nachmittag eine rein akademische Unterhaltung am Rande des Swimmingpools und vielleicht auch ein Fick in der Dämmerung. Doch es hätte nicht gehalten. Emma wäre mit allen ins Bett gegangen, sie hätten zu streiten angefangen, und inzwischen wären sie schon in einen unerbittlichen Scheidungskrieg verstrickt. Von wegen Schwimmen im Pool und Gymnastik im

Bett! Doch vielleicht hätten sie Kinder gehabt, und alles wäre anders gelaufen. Oder gar noch schlechter.

Er glitt unter Wasser, betrachtete die flimmernde Welt über sich, das endlos reflektierte Licht der Sonne, das Grün der Olivenbäume, die scharfe Kante des Hausdachs, vor dem blauen Himmel zu kurzen dunklen Abschnitten gebrochen.

Er hielt den Atem an, so lange er konnte, um in der Stille des Wassers eingetaucht zu bleiben. Unerbittlicher Scheidungskrieg ... warum, was für ein Leben führte er jetzt? Die Katastrophe, das, was er weiterhin die Katastrophe nannte, war nur der erste Felsblock gewesen, der ins Tal rollte ... doch auf dem Weg war eine Lawine daraus geworden.

Er tauchte nach Luft schnappend auf, stützte sich auf den Rand des Beckens.

»Alessandro! Komm raus, los, die Sandwiches sind fertig!« Emma stellte ein Tablett auf den schmiedeeisernen Tisch, während Franco, noch tropfnass, eine Flasche Wein entkorkte.

Er zog sich träge hoch, stützte sich am Rand auf und ging zu den anderen. Emma stieß einen Pfiff aus. »Santoro! Du magst ja zehn Kilo zu viel haben, aber da ist doch immer noch diese Kraft ...« – Tja, eine Naturkraft, wie Costanza sagte, wenn er sie, stellvertretend für Pierguido, in den Arsch fickte ... schade nur, dass sie Naturkraft mit Kraft der Verzweiflung verwechselte, doch es wäre wohl ein bisschen zu viel von ihr verlangt gewesen, diesen kleinen Unterschied zu erfassen.

Er zog den Bauch ein und machte ein paar Schritte. »Besser so?«, witzelte er. Dann setzte er sich auf den Rand der Liege und trank einen Schluck Wein, warf die nassen Haare zurück, trocknete seine Hände an dem Frotteetuch ab und biss in einen Toast.

»Es ist furchtbar«, sagte er schließlich.

Er erklärte es ihnen, in der Maisonne, die schon sommerlich vom Himmel herab auf den Hügel brannte, wo sich das Gutshaus erhob, und sie suchten nach einer Lösung … nur dass es nicht möglich war, eine zu finden. Es gab keine Lösung. Er hatte das sofort begriffen, als Marella im Flur auf ihn zukam. Dass die Lawine an Geschwindigkeit zunahm und es nicht möglich war, ihr Einhalt zu gebieten, und auch nicht, ihr auszuweichen. Sie ging auf zu breiter Front nieder. Und diese Front hatte sich für ihn immer weiter ausgedehnt, als Marella ihn durch die Wohnung führte und ihm die *Beweise* dafür zeigte, dass die Kinder da gewesen waren und sie ihr Maifest gefeiert hatten. »Ihr könnt euch das nicht vorstellen … die Wohnung war ein Schlachtfeld. Überall Spielzeug, die Vorhänge in Fetzen, kaputter Nippes, sogar die Wände mit Schokolade beschmiert … Scheiße, Franco, sie hat einen ganzen Tisch voll Süßigkeiten in sich reingestopft! Und diese ganzen Spielsachen! Wenn ich mir überlege, dass sie die nach und nach gekauft und überall versteckt hat … und ich habe nichts davon bemerkt! Ich dachte, sie würde aus der Geschichte rauskommen! Die Wohnung auf Hochglanz poliert … und sie hat gesungen! Himmel, ihr könnt euch das nicht vorstellen … Marella glaubt wirklich, dass sie die Kinder sieht! Sie sagt, sie hat sie geküsst, gestreichelt, mit ihnen gespielt … und das nicht zum ersten Mal!«

»Du hast von Beweisen gesprochen«, unterbrach ihn Emma. »Kannst du mir sagen, was für welche? Um zu verstehen, welchen Grad an Komplexität sie mit ihrer Konstruktion entwickelt hat … Ich habe nämlich den Eindruck, es handelt sich nicht um einfache Halluzinationen. Ich weiß, was du durchgemacht hast und was du noch durchmachst, doch es ist von grundsätzlicher Bedeutung, dass wir offen sind. Marella braucht einen Spezialisten, und zwar einen guten. Das ist ein schizophrener Schub. Und wenn du mir sagst, dass sie all diese

Süßigkeiten gegessen hat, dass sie mit dem Spielzeug gespielt hat, dass sie die Wohnung so zugerichtet hat ... dann handelt es sich dabei um totale Dissoziation, verstehst du? Marella braucht professionelle Hilfe.«

Franco hatte sich das Badetuch umgelegt und trocknete sich den Hals ab. »Lass uns offen reden: Wir können nicht viel tun, wenn die Dinge so liegen ... Emma versucht dir zu sagen, dass Marella in stationäre Behandlung gehört, und zwar sofort. Ich habe von Anfang an befürchtet, dass wir an diesen Punkt kommen würden, doch es schien sich ja zum Besseren zu entwickeln ... Es war ein Fehler, in unserer Aufmerksamkeit nachzulassen; jetzt haben wir die Bescherung. Und wir müssen an die Zukunft denken. Ich bin kein Experte für Geisteskrankheiten, aber wenn du willst ... nicht, Emma? ... haben wir Adressen ... und wir stehen natürlich zur Verfügung, für alles. Doch die Entscheidung musst du treffen.«

Alessandro goss sich sein Glas noch einmal voll – ich werde noch enden wie Baby Perri ... doch ganz ruhig – und stand von der Liege auf. Er konnte sie nicht einweisen lassen, noch nicht. Bald würde er die Information bekommen ... Er musste Zeit gewinnen, noch ein bisschen Zeit gewinnen.

»Sie hat mir ein rosa Kleidchen gezeigt und mir erzählt, Elisa habe sich einen Fleck darauf gemacht, und sie habe es gewechselt. Gütiger Himmel! Sie hält mir ein Kleid unter die Nase und sagt: Dieses Kleid hat unsere Tochter nie besessen! Wie kann ich dir glauben?, habe ich sie gefragt. Da ist sie zur Furie geworden. Ich erspare euch, was sie mir an den Kopf geworfen hat ...« Weißt du, warum du mir nicht glauben willst?, hatte Marella ihn gefragt. Weil die Kinder zu mir zurückgekehrt sind! Sie wissen nicht, was sie mit einem Vater anfangen sollen, der wie eine parfümierte Hure durch die Gegend läuft! Der sich amüsieren geht, als ob nichts wäre. Der sogar zudringlich zu mir wird ... denn dir ist das alles egal, du Scheißkerl, der du bist! Dieses Wort hatte das Fass zum Überlaufen gebracht. *Er* war ein Scheißkerl? *Er*, der Himmel und Hölle in Bewegung setzte, um den wirklichen Scheißkerl in die Finger zu kriegen, der ihnen das angetan hatte? Aber das konnte er Marella nicht sagen. Einen Augenblick bevor er außer sich geriet, hatte er sich das fest vorgenommen. Tu, was du willst, aber sage nichts. Und er hatte getan, was er wollte – und hatte nichts gesagt. Er hatte getan, was er Emma und Franco jetzt nicht erzählen konnte. Trotz Freundschaft und Verständnis hätte Emma ihn fertig gemacht, wenn sie erfahren hätte, dass er Marella gepackt, sie gegen die Wände, die Türen und Möbel geschleudert hatte, als stünde der wirkliche Scheißkerl vor ihm und er müsste zuschlagen und noch mal zuschlagen ... bis Marella hilflos, in dem Versuch, sich vor dem wer weiß wievielten Schlag zu schützen, einen Arm gehoben hatte, er ihr einen Augenblick ins Gesicht geschaut und trotz der Schwellung, der aufgeplatzten Augenbraue und der blutigen Nase Elisas Gesichtchen gesehen hatte... Elisa, vom Auto überfahren ... das Blut ... die Gesichtszüge so ähnlich. Er hatte aufgeschrien, die Hände gehoben, um sich zu schützen, als wäre er es, der sich schützen müsste, hatte sich instinktiv gebückt, um die entsetzte Marella hochzuheben, die versuchte, ihm irgendwie zu entkommen, um sich trat und unartikulierte Schreie ausstieß, während er immer und immer wieder mit versagender Stimme wiederholte: »Es ist nichts, es ist nichts ... es ist nichts, Schatz, es ist nichts.« Er hatte sie ins Bad getragen, wo er versucht hatte, ihr Gesicht mit der gleichen Zärtlichkeit zu säubern, als wäre es Elisas – wenn Elisa nicht gestorben wäre ... und daran führte kein Weg vorbei ... bis sie aufgehört hatte, sich zu winden, und sich hatte abputzen und die Blutergüsse versorgen lassen, regungslos wie eine Stoffpuppe.

Er hatte sie in eine Decke gehüllt, doch sie hatte weiter

gezittert, und erst als er sie ins Bett gebracht und alle Decken über sie gelegt hatte, die er auftreiben konnte, hatte sie den Mund aufgemacht und mit einer Stimme, so leise und kalt, wie er sie nicht von ihr kannte, zu ihm gesagt: »Du musst dir einen anderen Platz suchen, Alessandro. Hier kannst du nicht mehr bleiben. Wir wollen dich nicht.« Dann hatte sie sich in der Mitte des Bettes unter den Decken zusammengekauert.

»Wir haben schlimm gestritten«, sagte er nur als Erklärung. »Seit fünf Tagen spricht sie nicht mehr mit mir ... als würde sie mich nicht einmal sehen. Sie sieht die Kinder, aber nicht mich! Ich weiß, dass ich zu weit gegangen bin ...« – Oh, oh ... nur zu weit gegangen? – »Versucht euch in meine Lage zu versetzen ... Und jetzt ist es wirklich furchtbar. Ich kann sie nicht einweisen lassen. Ich müsste sie zwingen, versteht ihr? Sie will die Wohnung nicht verlassen! Kann sie nicht verlassen, behauptet sie. Sie sagt, sie muss für die Kinder da sein, wenn sie kommen. Wenn ich sie einweisen lasse, wird sie ständig versuchen wegzulaufen, sie wird sich aus dem Fenster stürzen, nur um nach Hause zurückzukehren.« Nun, das stimmte auch, und in gewisser Weise milderte das seine Skrupel.

»Aber du hättest es uns gleich sagen können ...«, bemerkte Emma. »Wir hätten ihr Beruhigungsmittel gegeben ... warum so lange warten?«

Damit die blauen Flecken verschwinden, logisch, oder?

»Ich ... ich war selbst sehr verwirrt«, antwortete er stattdessen und wandte den Blick zum Swimmingpool. »Und außerdem ... habe ich vor ein paar Tagen noch etwas anderes erfahren. Mein Schwiegervater hat mich angerufen, um mir zu sagen, dass es Marellas Mutter sehr schlecht gegangen ist ... eine Art Lähmung, nach einem Anruf von Marella. Es scheint so, dass Marella angerufen und gesagt hat, sie sei Elisa, und die Mutter hat einen Schlag bekommen. Mein Schwiegervater macht sich um beide große Sorgen. Besser gesagt: Ich glaube, er braucht selbst Hilfe, doch was kann ich tun?« Er kniff die Augen zusammen und sah Emma mit einem resignierten Lächeln an. »Verzeiht mir … ich ruiniere euch den ganzen Tag.«

»Mach dir darüber keine Gedanken …«, setzte Franco an, doch Emma unterbrach ihn: »Ich spreche mit ihr. Ich muss es versuchen … jedenfalls werde ich mir selbst ein Bild machen.«

Vielleicht war das keine üble Idee … doch einen Moment später kam sie ihm ganz schlecht vor. Wenn Marella ihr nun erzählen würde, dass er sie geschlagen hatte? Und von der Stimmung, die seit einer Weile bei ihnen herrschte? Falls Emma nicht bereit war, ihn zu rechtfertigen, und vielleicht gab es ja wirklich eine Rechtfertigung. Ein vom Schicksal schwer geprüfter Mann kommt nach Hause und findet seine Frau vor, die Gespenster sieht, sich mit Süßigkeiten voll stopft, die Wohnung zerstört und ihn beschuldigt, ein Scheißkerl zu sein … und hier endete die Erklärung … denn da war ja ganz offensichtlich dieses andere Detail, allen, oder fast allen unbekannt … wollen wir Pierguido vergessen? Der mal auf väterlich macht oder vielleicht den Scheißkerl deckt, wenn er es nicht selbst ist … denn ihr müsst wissen, geliebte Frau und liebe Freunde, dass die offizielle Jagdsaison bald eröffnet wird und dass Alessandro Santoro euch alle erträgt, in seiner unendlichen Geduld, aber nicht mehr lange … nicht mehr lange.

Die Fledermaus stieß ihren Schrei in der Dämmerung aus, flatterte im Tiefflug über den Swimmingpool und verschwand zwischen den Olivenbäumen.

»Sie kommt zum Trinken«, sagte Emma im Dämmerlicht des hereinbrechenden Abends. »Sie nimmt im Flug einen Schluck Wasser auf, jeden Abend, seit ich den Pool habe voll laufen lassen.« Sie lachte leise. »Am Anfang bin ich erschrocken, aber dann ist sie eines Abends nicht gekommen, und ich habe mir Sorgen gemacht. Doch am nächsten Abend war sie wieder da, und jetzt setze ich mich, wenn ich zu Hause bin, hierher und warte auf sie. Für mich ist der Pool ein Luxus, ein Vergnügen. Für sie garantiert er Wasser, das Überleben … das mag dir dumm vorkommen, doch ich fühle mich besser bei der Vorstellung, dass sie ihren Schluck Wasser trinkt … Danach fühle ich mich ruhig.« Die Abendluft war kühler geworden, und Emma zog ihr Tuch fester um sich.

Franco war gegangen, kurz zuvor und schweren Herzens, doch er musste bei seinen Schwiegereltern zu Abend essen, und was gewisse Verpflichtungen anging, war Maria Assunta unnachgiebig.

»Nun?«, fragte Emma. »Sagen wir: nächste Woche? Ich kann Marella anrufen und versuchen, mit ihr zu sprechen. Ich glaube, da habe ich keine Probleme, Marella hört mir zwar nie richtig zu, doch sie lässt mich reden …«

Alessandro nickte. Na gut, dachte er, Emma wird ihr sowieso nicht glauben. Wenn sie sich einbildet, die Kinder zu sehen, kann sie sich auch einbilden, dass ich sie geschlagen habe … und das gab ihm ein bisschen Zeit, ein bisschen mehr Zeit.

»Da ist … da ist noch etwas.« Emma zögerte, zog die Beine an und legte die Arme darum. »Es weiß noch niemand, du bist der Erste, aber es ist auch kein großes Geheimnis, da man es ja bald deutlich sehen wird.« Sie spielte mit einer Locke und setzte plötzlich die Füße auf. »Ist noch ein bisschen Wein da? Wir müssen anstoßen.« Sie goss den restlichen, inzwischen lauwarmen Weißwein ein und hob das Glas.

»Worauf?«, fragte Alessandro verwirrt.

»Auf das Kind!«

»Was …«

»Meins«, beeilte Emma sich zu erklären. »Ich bin noch

ganz durcheinander und ehrlich gesagt auch verängstigt ... doch ich bin mir noch nie in meinem Leben einer Sache so sicher gewesen. Es sind erst zwei Monate, doch jetzt ist es entschieden, und ich werde meine Meinung nicht ändern. Es tut mir Leid, es dir gerade jetzt zu sagen, vielleicht ist es nicht der richtige Augenblick, doch ich kann es nicht mehr für mich behalten, ich muss mich jemandem anvertrauen.«

»Warte mal ... weiß Franco es denn? Das wird ein schöner Schlamassel für ihn ...« Die Nachricht war wie ein Peitschenschlag ... die Battistini hatte sich ergeben ... und ausgerechnet Franco!

»Franco hat nichts damit zu tun«, sagte Emma leise. »Es ist eher so ... ich weiß gar nicht, was ich ihm sagen soll, doch ... besser so. Maria Assunta hätte uns umgebracht, und das musste doch wirklich nicht sein. Franco ist ein Mann, den ich schätze, so positiv, praktisch, ein tüchtiger Arzt ... ja sicher, da ist etwas gewesen ... ist noch immer was, aber wir sind am Ende. Und jedenfalls ist das Kind nicht von ihm. Ich weiß, was ich sage. In meinem Alter kann man sich den Luxus erlauben, sich den Vater auszusuchen. Und die Wahl ist für mich ganz natürlich gewesen, ich hätte mich für keinen anderen entscheiden können. Ehrlich gesagt hatte ich dich eigens eingeladen, um es dir zu sagen, aber Franco ist ja einfach nicht gegangen, und dann hast du erzählt, was bei dir zu Hause los ist, und ich habe mich schuldig gefühlt. Doch ich wollte, dass du der Erste bist, der es erfährt.«

Alessandro trank seinen Wein und sah sie neugierig an.

»Und der Vater? Er weiß es nicht?«

»Nein, vielleicht denkt er es sich später, aber ich glaube nicht, dass die Sache viel Bedeutung hat, weder für ihn noch für mich, und etwas Besseres könnte ich mir nicht wünschen. Wir müssen darüber kein Wort mehr verlieren, Alessandro, doch mir ist lieber, dass du alles weißt. Es kann immer irgendetwas passieren, irgendetwas kann schief gehen, meine ich … du ahnst ja nicht, auf wie viele absurde Gedanken schwangere Frauen kommen. Der Vater … der biologische Vater … ist Baby.«

»Baby Perri?« Er sah ihn wieder vor sich, auf der Terrasse, nur ein paar graue Sprenkel in den goldenen Locken, auf dem triumphalen Weg zum dritten Stadium der Trunkenheit … Baby mit seinem kleinen Traum, der enttäuscht worden war, und mit seinem Dauerrausch … Baby und Emma … das auch noch … und du und Costanza? Und Franco und Emma? Und sogar du und Maria Assunta in jenem fernen Sommer?

»Jetzt denk nicht wer weiß was«, unterbrach ihn Emma. »Keine plötzlich auflodernde Liebe. Es ist eine Geschichte, die schon ewig geht, so ähnlich, wie man seine Großeltern an den gebotenen Feiertagen besucht … ich weiß, es ist nicht einfach, in einem Ort wie unserem. Doch wir haben Acht gegeben … und so schwierig ist es dann auch wieder nicht.«

»Kein emotionaler Surplus?«

Emma lachte. »Keine bedrängende Liebe. Dem Himmel sei Dank, dass es das bei uns nicht gab. Ich habe immer zwei feste Bezugspunkte im Leben gehabt, dich und Baby, und niemanden sonst. In einem gewissen Sinn würde es mir nicht missfallen, wenn du ein bisschen den Vater spielen könntest, Alessandro, du bist dazu in der Lage … Baby nicht.«

Sie sahen sich im Dunkel an, während der Duft des Landes die nächtliche Luft sättigte. Das Kind wird dir helfen, gesund zu werden, flüsterte Emma ohne Worte. Ich werde nie wieder gesund, doch irgendwie werden wir es schaffen … und dann kümmern wir uns auch darum. Nicht später, jetzt, Alessandro … Du bist so seltsam, es ist, als hätte man dir einen Keil in den Kopf getrieben, ich nehme es wahr, aber ich weiß nicht, was es ist, ich habe dir all meine Geheimnisse anvertraut, aber du nicht … du nicht. Ich habe keine Geheimnisse, nur Ziele … Ziele, die ich erreichen will, aber ich werde immer da sein, für dich und dein Kind, immer. Ich möchte, dass du für dich da bist, Alessandro. Ich will etwas für dich tun. Angefangen bei Marella. Aber es ist schwer, dich zum Reden zu bringen, Alessandro …

»Es ist ein schöner Abend«, sagte Emma. »Fast schon Sommer, könnte man meinen. Wäre Donnerstagnachmittag passend für Marella? Ich habe Nachtschicht und danach frei. Und … wenn es möglich ist, ich weiß, du steckst selbst bis zum Hals in Schwierigkeiten … aber wenn es möglich ist, versuch Baby zur Vernunft zu bringen. Irgendjemand muss es tun … glaub mir, seine Leber ist am Ende, die letzten Analysen habe ich selbst durchgeführt … das ist nicht neu, aber wenn er so weitermacht … Baby würde mir zu arg fehlen. Mit ihm würde ein wenig Schönheit aus der Welt verschwinden … und die brauchen wir so sehr.«

Costanza zog ein Bein hoch und legte es über seine Schulter. Sie stöhnte, ihren Mund an seinen Arm gepresst. Er richtete sich auf und glitt erneut in sie hinein, krallte seine Finger in ihren Busen – sie hatte phänomenale Titten, schade nur, dass ihr Hintern mit dem Rest nicht mithalten konnte, doch die Titten machten diesen Mangel bei weitem wett. Er spürte, wie sie sich unter ihm bewegte, und verstärkte seinen Griff, fast brutal. Reicht es so, oder soll ich dir blaue Flecken hinterlassen, schöne Costanza? Und was sagst du dann deinem Mann?

»Du tust mir weh«, hauchte sie und stemmte einen Arm gegen seine Brust – oh, oh, die Signora gerät langsam in Hitze … was für eine Maskerade, und doch wurde er ihm dabei jedes Mal steinhart. Er packte ihren Arm, drückte ihn ins Kissen und stieß fester zu … um dann die andere Hand Costanzas im Gesicht zu spüren – aber hallo, Signora, das ist nicht im Preis inbegriffen! Ein bisschen ruppiger ist in Ordnung, aber …

»Hör auf!«, schrie Costanza und verpasste ihm noch eine Ohrfeige, mit solcher Heftigkeit, dass er, sowieso schon aus dem Gleichgewicht gebracht, rücklings auf der anderen Seite vom Bett fiel.

Verblüfft zog er sich halb hoch und sah sie fragend an. »Habe ich irgendwas falsch gemacht? Was stimmt denn nicht?«, fragte er sie erstaunt. »Hast du vielleicht irgendein Geräusch gehört?«, wollte er erschrocken wissen, sprang auf die Füße und warf einen Blick aus dem Fenster nach draußen, auf die ruhige Umgebung des Bauernhauses, das in den heißen Stunden der Mittagszeit still und verlassen daliegende Land. Tiefe graue Wolken, von der Sonne an einem wie mit Glanzlack überzogenen Himmel entflammt, der nach Osten hin weich in ein blasses Blau über dem Meer überging. Die Weinberge in der Ferne erstreckten sich bis zur Küste, doch nur wenige vereinzelte Olivenbäume erhoben sich in der Landschaft, einem durch lange Jahrhunderte des Großgrundbesitzes unfruchtbar gewordenen Hinterland. Und nichts rührte sich in der Stille des frühen Nachmittags.

Costanza setzte sich auf, massierte sich den schmerzenden Busen und schüttelte ihre schwarze Mähne. »Nein, ich habe kein Geräusch gehört«, sagte sie. »Entschuldige, aber ich fühle mich nicht danach ... ich bin so nervös.« Sie atmete ein paar Mal tief durch und legte sich wieder hin. »Hast du eine Zigarette?«, fragte sie und biss sich auf die Lippen.

Alessandro zündete zwei Zigaretten an und gab ihr eine. Er legte sich neben sie und streckte eine Hand nach dem Aschenbecher auf dem Nachttischchen aus, stellte ihn sich auf die Brust und nahm einen langen Zug. Letztlich mangelte es doch nicht an Bequemlichkeiten in der *Garconniere* der Signora Napolitano. »Es ist ein sicherer Platz, isoliert ... da kommt nie jemand hin, höchstens zur Olivenernte«, hatte sie ihm bei ihrem ersten Treffen gesagt. Wer weiß, ob Costanza nicht schon früher hier gewesen war. Von außen sah das Häuschen aus wie ein verwahrloster Geräteschuppen, verloren in einer Ebene verbrannter Stoppelfelder, doch innen hatte die Signora alles schön hergerichtet. Das Metallbett war frisch bezogen, und es gab eine niedrige Kommode, ein Nachttischchen, einen Tisch, zwei Stühle ... und ein kleines Bad, vorsintflutlich, doch vollkommen ausreichend. »Der Bauer schläft hier zweimal im Jahr, wenn er die Arbeiten macht ... es ist eine Idee von mir gewesen ... man weiß ja nie«, hatte sie mit einem frechen Lächeln erklärt, und das hatte ihn stark daran zweifeln lassen, dass er der erste heimliche Besucher war. Costanza wusste allzu gut, wo er sein Auto lassen sollte, nämlich in einer von Brombeersträuchern umstandenen Senke, die man von der Straße aus nicht sehen konnte, während ihr Golf in all seiner strahlenden Unschuld auf dem Parkplatz des nicht weit vom Ort entfernt gelegenen Supermarkts blieb. Eine so praktische List, die es ihr sogar ermöglichte, die Einkäufe zu erledigen, bevor sie nach Hause fuhr. Sie war ein bisschen zu schlau für eine Anfängerin, doch es hatte nie Gerede über die Frau des Bürgermeisters gegeben.

»Nun?«, fragte er sie nach einer Weile. »Wenn dir das Drehbuch nicht gefällt, ändern wir es eben. Du hast das Sagen. Entscheide, und wir machen es so, aber versuche es mir möglichst vorher mitzuteilen … und mich nicht mittendrin zu ohrfeigen … das ist nicht fair.«

»Darum geht es nicht.« Costanza stieß den Rauch aus und setzte sich wieder auf. Sie warf das Haar zurück und schlug die Beine übereinander. Dann drückte sie die erst halb gerauchte Zigarette aus und legte sich wieder hin. Sie strich mit einem lackierten Nagel an Alessandros Arm lang und stand plötzlich wieder auf, warf die Beine auf eine Seite.

»Lieber Himmel, was hast du denn? Den Veitstanz? Du magst ja hyperaktiv sein, meine Liebe, aber …«

»Ich bin unruhig!«, rief Costanza aus. »Ich wollte es dir nicht sagen, um den Nachmittag nicht zu ruinieren, aber … also: Ich glaube, er hat was gemerkt.«

»Wer hat etwas gemerkt?« Alessandro fuhr ruckartig hoch, und der Aschenbecher kippte aufs Bett. »Sieh dir mal die Sauerei an. Kann man erfahren, was passiert ist? Heraus damit!« Er rieb über das Betttuch, mit dem Ergebnis, dass es noch schmutziger wurde, und warf den Aschenbecher genervt auf den Boden.

»Pierguido, wer denn sonst? Es war vor ein paar Tagen. Ich

wollte telefonieren, um einen Termin beim Friseur zu machen, nahm den Hörer ab … ich wusste nicht, dass er am anderen Apparat war …« – ach ja, du wusstest es nicht, mein armer Liebling. Das konnte er sich lebhaft vorstellen: sie, Lena, Isabella … immer dabei, hinter ihren Männer herzuspionieren und sie zu kontrollieren – »und habe gehört, wie er mit Marella sprach.«

»Mit Marella?« Die Überraschung war so groß, dass er sich gerade aufrichtete und zu Costanza hinwandte.

»Ja … Marella«, bestätigte Costanza und warf ihr Haar nach hinten. »O Gott … es war weniger so, dass er sich mit ihr unterhielt … er bat sie eher immer wieder darum, sie sehen zu können, und sei es nur für eine Minute, und Marella … ich habe ihre Stimme sehr gut wiedererkannt, doch sie hatte einen so unbestimmten Ton … wiederholte mehrmals, sie habe zu viel zu tun … bis sie schließlich aufgelegt hat. Da habe ich auch aufgelegt. Doch dann habe ich gehört, dass er wieder eine Nummer wählte, und habe noch einmal den Hörer genommen … aber es war besetzt. Er hat bestimmt versucht, sie noch einmal anzurufen … doch er hat es nicht geschafft, mit ihr zu reden. Es war immer nur das Besetztzeichen zu hören. Seit zwei Nächten kann ich nun schon nicht mehr schlafen … auch wenn das Blödsinn ist. Falls er einen Verdacht hat, warum ruft er dann von zu Hause aus an, wenn ich im Nebenzimmer bin? Und außerdem, mir gegenüber lässt er sich nichts anmerken, aber er ist so seltsam in letzter Zeit. Ich weiß nicht, was ich denken soll, doch irgendetwas stimmt nicht. Heute habe ich mir so viele Sorgen gemacht, dass ich fast nicht gekommen wäre … Ich hatte Angst, er könnte mir folgen. Doch dieser Anruf … was für einen anderen Grund könnte er haben? Das macht doch keinen Sinn, und ich habe das Gefühl, verrückt zu werden, wenn ich nur daran denke.«

Aber sicher macht das Sinn. Pierguido ruft Marella an und

treibt nebenbei noch seine treulose Ehefrau in die Enge. Logisch, oder? Er hat es bei ihm versucht, aber es nicht geschafft, ihn zu überreden. Also wendet er sich an Marella … dieses Arschloch. Die Wahrheit ist, dass es hier um irgendeine große Sache geht! Pierguido kämpft mit dem Rücken zur Wand, wenn er sogar Marella anruft. Wenn man darüber nachdachte, war es geradezu komisch. Napolitano, der sich dazu herablässt, um eine Verabredung mit Marella zu betteln, und sie, die ihm nicht einmal zuhört, weil sie so beschäftigt ist, die Kinder im Auge zu behalten, und schließlich einfach den Hörer auflegt … Scheiße, Marella, wir verarschen sie nach Strich und Faden, die Napolitanos! Wir sind auf dem Vormarsch! Santoro – Napolitano, zwei zu null … Ach, Marella, wenn ich es dir bloß erklären könnte … wenn du die Marella von früher wärst …

»Was sagst du dazu? Ist das nicht Besorgnis erregend?«

Sicher ist es das, Costanza, doch nicht in dem Sinne, wie du denkst. Wenn dieses Arschloch Marella alles hinterbringt … und dabei fehlen nur noch wenige Tage, bis die Information kommt. Auch wenn Marella ihm nicht einmal zuhören wird. Hier geht es um irgendeine große Sache. Pierguido ist mit vollem Einsatz dabei. Also ist er es entweder selbst oder jemand, der ihm verdammt nahe steht … Mach dich auf alles gefasst, Santoro, wir sind am Ende des Wettkampfs angekommen.

»Machst du dir keine Sorgen?«, brach es aus Costanza heraus. »Du setzt nur ein dummes Gesicht auf und sagst kein Wort! Dass du kein Genie bist, ist bekannt … aber jetzt musst du vollkommen verblödet sein!« Sie wurde gemein – bravo, Costanza, das bringt mich auch langsam in Hitze … und du holst mich nicht mehr ein, du kannst ja nicht wissen, was für einen Vorsprung ich vor dir habe.

»Ja«, gab er in einem zerknirschten Ton zu. »Ich muss dir gestehen, dass ich nicht mehr so schnell im Denken bin … du kannst dir die Gründe dafür ja vorstellen …«

»Du brauchst keine Entschuldigungen zu suchen!«, knurrte Costanza. »Die Wahrheit ist, dass du dir in die Hosen machst. Du weißt weder aus noch ein. Wie konnte ich nur so blöd sein, mich auf diesen Wahnsinn einzulassen. Pierguido bringt mich um, verstehst du das oder nicht? Und du, statt mir zu helfen ... fängst immer wieder mit deinem Unglück an! Das ist widerlich, genau das ist es. Ich kann diese Litanei nicht mehr hören!«

»Ja ... du musst mich wirklich entschuldigen, aber das passiert immer nach solchen Tragödien. Die Mütter verlieren den Verstand ...«, er schüttelte den Kopf und sah Costanza an. »Und die Väter gehen zu Huren ...«

Er sah, wie Costanza blass wurde, die Lippen aufeinander presste, die Füße auf den Boden setzte und sich planlos daranmachte, ihre Kleider aufzusammeln.

»Ja willst du denn gehen?« Er lächelte und steckte sich eine Zigarette an. »Wenn du mir bitte erklären willst, *wie*, da dein Auto ja mindestens zehn Kilometer weit weg ist ... und ich habe nicht die geringste Absicht, dich hinzufahren, jedenfalls jetzt nicht. Aber wer weiß, vielleicht nimmt dich ja jemand mit. Du bist es doch gewöhnt, dich auf dem Land zu verlaufen, nicht? Wie du mich getroffen hast, kannst du auch irgendeinen anderen treffen ... Ich weiß, du hast einiges zu bieten ... Auch wenn, unter uns gesagt, der Motor weniger taugt als die Karosserie!«

»Ich will gehen«, murmelte Costanza und rang nach Luft.

»Das steht dir frei ... die Tür ist offen. Du kannst die Abkürzung durch die Felder nehmen, immer in östlicher Richtung. Nach ein paar Kilometern müsstest du die Provinzstraße erreichen ... Du kannst ja per Anhalter fahren, wenn du Glück hast, kommt einer vorbei. Ansonsten gehst du weiter bis zur Staatsstraße. Das sind noch einmal ungefähr drei Kilometer. Aber du hast ja flache Schuhe an und bist gut zu Fuß ... und da nimmt dich dann bestimmt jemand mit. Auch wenn die First Lady des Ortes Mühe haben wird zu erklären, warum sie ihr Auto am Supermarkt gelassen und einen kleinen Spaziergang von fünf Kilometern auf der Staatsstraße gemacht hat … aber das ist deine Sache.«

»Bring mich zum Auto. Aber sofort!«, schrie Costanza.

»Das ist das Einzige, was nicht geht. Versuch vernünftig zu denken, Costanza … ich helfe dir schon dabei, aber du kooperierst nicht, während ich mich anstrenge, einen Ausweg zu finden …«

»Was habe ich dir getan? Du bist wirklich unverschämt … Ich habe dich gewarnt. Ich habe dir gesagt, dass Pierguido vielleicht einen Verdacht hat, und du bist wütend auf mich! Sag mir, was ich dir getan habe …«

»Siehst du … jetzt fangen wir an, vernünftig zu sein. Ein bisschen Hirn scheinst du ja doch zu haben … du versuchst zu verhandeln. Man merkt, dass du bei deinem Mann in die Schule gegangen bist und dich innerhalb deiner engen Grenzen daran hältst, was er dir beigebracht hat. Das gereicht Pierguido zur Ehre, aber auch dir …« Er wird es mir heimzahlen, bei Gott, doch das ist mir vollkommen gleichgültig …

»Was muss ich tun, um dich umzustimmen?«

Er brach in Lachen aus. »Das ist leicht … Wir brauchen nur die Uhr etwas zurückzudrehen, bis zu dem Punkt vor der Ohrfeige. Ich mag es nicht, mittendrin unterbrochen zu werden, und dann noch mit Ohrfeigen. Sei schön brav, vergessen wir, was passiert ist, und du wirst sehen, dass alles in Ordnung kommt … Und vielleicht ruft Pierguido auch nicht mehr bei Marella an. Los, Costanza, da ist nichts dabei, wir treiben es doch seit Monaten wie die Irren, mal mehr, mal weniger. Und du hast ja auch keine großen Alternativen, das weißt du, oder?«

In dem fahlen Licht des heraufziehenden Gewitters legte

Costanza die Arme um sich und zitterte. Sie stand neben dem Bett, tat dann einen Schritt zurück und spürte unter ihren bloßen Füßen die Kälte des alten Lehmbodens.

»Lieber Himmel«, spöttelte Alessandro. »Jetzt fängt es auch noch an zu regnen … doch eigentlich macht ein bisschen Schlamm das Ganze auch nicht mehr sehr viel schlimmer. Höchstens dass deine schönen Hosen schmutzig werden, ganz zu schweigen davon, wie deine Schuhe nachher aussehen. Und ich würde dir ja auch wärmstens empfehlen, dich nicht von der Stelle zu rühren. Stell dir nur mal vor, dass dich ein Blitz trifft! Und über dem Land gehen ja viele Blitze nieder …«

»Ich glaube, du bist verrückt«, sagte Costanza leise und betonte jedes einzelne Wort. »Alle sagen, du hättest das bewundernswert durchgestanden. Niemand hat gemerkt, was mit dir passiert ist. Und ausgerechnet mich musste es treffen.« Sie legte sich ihre Hände vors Gesicht – wenn sie nur hätte weinen können … doch sie war zu wütend und zu erschrocken dafür. Tränen erforderten eine Klarheit, die sie nicht hatte, und vielleicht hätten sie die Lage auch nur verschlimmert.

»Also, wollen wir?«, sagte Alessandro, stand vom Bett auf und ging auf sie zu. Und diesmal waren sie nicht in seiner Wohnung, kein Mensch in der Nähe, und ihr Golf war auch nicht hundert Meter vom Hauseingang entfernt geparkt … Jeder findet, was er sucht, sagte Pierguido immer, und sie hatte nun endlich gefunden, was sie monatelang wie ein geblendeter Falter umkreist hatte: die grenzenlose Wut Alessandro Santoros.

Sie versuchte, die Tür zu erreichen. Oder besser: Sie tat einen verzweifelten Sprung, als das Getöse der ersten Donnerschläge die ländliche Stille zerriss. Sie konnte an nichts anderes als an die Tür denken, an diesen einzigen Ausweg … Da traf sie sein erster Schlag. Er explodierte wie eine schwarze

Sonne hinter ihren Augen und ließ sie in einem Gefühl der Bestürzung versinken, das schlimmer war als der Schmerz selbst.

Alessandro beugte sich vor, um sie zu packen – sie war mit dem Rücken an der Wand nach unten gerutscht, mit einem derartigen Staunen in den Augen, dass er für einen Moment innehielt –, Costanza, es ist Costanza, was verdammt noch mal willst du tun, es ist doch nur ... Costanza Napolitano. Pierguidos Frau. Die Frau von diesem verfluchten Scheißkerl! Was soll das sein, das bisschen Schmerz, verglichen mit meinem?

Sie bemerkte etwas – Zögern, Unentschlossenheit, Innehalten – und rollte über den Fußboden, versuchte wieder auf die Beine zu kommen. Die Kontrolle über die Situation zurückzuerlangen. Wieso nur hatte sie das nicht verstanden? Nicht verstanden, mit wem sie es von Anfang an zu tun hatte? Einem Irren, gewalttätig und verzweifelt, der jetzt vollkommen außer Kontrolle war. Dann stürzte er sich erneut auf sie, und ein Hagel von Schlägen, vor denen es kein Entrinnen gab, ging auf sie nieder, bevor er ihre Schreie und ihren Atem mit einem Kniestoß zwischen die Rippen abschnitt.

Sie stürzte nach vorn, bekam keine Luft mehr, würgte, streckte instinktiv die Hände aus, um den Aufschlag auf dem Boden zu mildern.

»Nun, Signora Napolitano«, sagte Alessandro hinter ihr. Sein Atem ging schwer, und seine Hände pressten ihre Schultern auf den Boden. »Lässt du mich jetzt schnell abspritzen oder nicht? Nur Mut, sei brav ... wo waren wir stehen geblieben? Ah ja ... und ein bisschen höher, lieber Himmel!«

Der Regen fiel immer noch, dicht und leicht, ließ einen wässrigen Vorhang vor den Feldern niedergehen, als Alessandro die Tür des Bauernhauses aufschob. Er hatte ihr geholfen, sich anzuziehen, in einer Grabesstille. »Ich kann in diesem Zustand nicht nach Hause«, stammelte Costanza schließlich, als er sie zu seinem Auto trug. »Nimm den verdammten Golf, und setz ihn gegen eine Mauer. Sonst gibt es eine Katastrophe, und ich erzähle zum Schluss alles Pierguido! Ich kann mir alles Mögliche ausdenken … dass du mich unter einem Vorwand hergelockt und mich vergewaltigt hast … Mir ist alles scheißegal, entweder bringst du mich um, oder du tust, was ich dir sage.«

Stoßweise atmend erreichte er sein Auto. Costanzas Gewicht. Der Boden aufgeweicht vom Regen, weich wie Lehm. Und diese Kopfschmerzen … Er packte sie in den Wagen und fuhr los, während Costanza stöhnte, zusammengekrümmt. Doch da war das Problem mit dem Supermarkt. Er hätte nie den Golf nehmen können, unter den Scheinwerfern des Parkplatzes und den erstaunten Blicken des halben Ortes. »Also gehe ich«, murmelte Costanza und rang nach Luft. »Aber du haust mir nicht ab! Und wenn du siehst, dass ich es nicht schaffe, fährst du auf mich drauf, hast du verstanden? Ich gebe dir ein Zeichen mit den Scheinwerfern … Wenn ich nicht aufblende, fährst du auf mich drauf, verstanden?« Sie strich sich mit der Hand übers Gesicht, schob das schweißnasse Haar zur Seite. »Ich kann es nicht glauben … in was für eine Scheißlage hast du mich gebracht … was verdammt erzähle ich Pierguido, wenn ich es nicht schaffe …« – doch sie schaffte es.

Sie schaffte es, aus dem 164 zu steigen, das Haar vor dem Gesicht, damit man die blauen Flecken nicht sah, und den Körper leicht nach vorn gebeugt … reine Willenskraft, Überlebenswille, dachte er, als sie den Golf erreichte, sich hinter das Steuer schob und mit irrsinniger Geschwindigkeit über den Parkplatz raste, um dem Licht der Scheinwerfer zu entkommen und die Möglichkeit auszuschalten, einer trägen Angela bei ihren Einkäufen oder einer geschwätzigen, jederzeit zum Losschreien bereiten Lena zu begegnen.

Der Golf kam aus dem Parkplatz geschossen und hielt einen

Moment neben seinem 164 an. Wenige Meter entfernt kreuzte ein Feldweg, der sich den Hügel hinaufwand, die Staatstraße. Und die Einfriedungsmauer war hoch und solide. »Da ist es gut … ich werde sagen, dass ich wenden wollte«, flüsterte ihm die kreidebleiche Costanza durch das Fenster zu. »Hau ab … der Supermarkt ist nah … jemand wird den Aufprall hören … hau ab, du Arschloch!«, stammelte sie unter Tränen, bevor sie den Gang einlegte und auf den Feldweg zuraste.

Wenigstens, so würde Emma später in diesem verhuschten und nervösen Ton, der so gar nicht zu der entschlossenen Battistini passte, zu Alessandro sagen, wenigstens hatte sie die Wohnung auf Hochglanz gebracht. Auch wenn sie diese strahlende Sauberkeit bei genauerer Überlegung beunruhigend fand. Alles war zu rein, zu blank, zu ordentlich. »Das sind die ersten Dinge, auf die man in solchen Fällen achten muss. Ein Übermaß an Ordnung ist unter bestimmten Umständen kein positives Zeichen, und Perfektionismus sowieso nie.«

Doch alles war problemlos verlaufen. Marella machte einen ausgezeichneten Eindruck und schien bereit, ihr zuzuhören. Ein wenig in der Defensive, das war vorauszusehen, doch ohne sich zu verschließen – fast angenehm, um ehrlich zu sein, und in ihrer Miene und in ihrem lebhaften Blick war etwas, das an die alte Marella erinnerte. Und als sie ihr einen Eistee angeboten und ein Tablett mit frisch gebackenen Keksen ins Wohnzimmer gebracht hatte ... nun, da hatte Emma den Grund ihres Besuchs beinahe vergessen und den schönen Nachmittag genossen, die luftige Kühle des Wohnzimmers, die unangestrengte, fast familiäre Art ihrer Unterhaltung.

»Ich weiß, es scheint unmöglich«, hatte Marella gesagt und an ihrem Eistee genippt. »Und es ist doch genau so geschehen. Alessandro glaubt mir nicht ... und ich kann es ihm nicht übel nehmen. Und doch ist es die Wahrheit ... aber natürlich will ich niemanden überzeugen.« – »Sie hat dir Theater vorgespielt!«, schrie Alessandro, als Emma ihm die Szene in allen

Einzelheiten erzählte. »Sie hat die ganze Zeit Theater gespielt! Gestritten? Sie hat mich praktisch vor die Tür gesetzt! Hat gesagt, ich muss mir etwas anderes suchen ... von wegen, Alessandro glaubt mir nicht, und ich kann es ihm nicht übel nehmen!« »Hör auf!«, unterbrach ihn Emma. »Was hast du erwartet? Meine Diagnose ist sehr schlecht, ich fürchte, es handelt sich tatsächlich um Schizophrenie, aber trotzdem ...«

Aber trotzdem war der Nachmittag, auf seine Weise, angenehm. Auch Schizophrene können liebenswürdig sein ... und so hatte Marella sich gezeigt. Etwas anderes war es gewesen, Marella in den ersten Momenten ihres tiefen und wahnsinnigen Schmerzes zu begegnen, als sie völlig in ihrer Verzweiflung versunken war, viel weniger beunruhigend als heute, wenn man so will, aber sie war dabei derart abwesend und destruktiv, so von Angst zerrissen und aufgefressen, dass sie es auf ihre ganze Umgebung übertrug. Doch auch du hast dich verändert, hatte sich Emma gesagt, als sie Marella zuhörte. Du näherst dich ihr, versuchst ihren Standpunkt zu verstehen ... und das ist überhaupt nicht professionell.

Gegen ihren Willen rechtfertigte sie Marella. Was war Gefährliches an dem, was Marella zu sehen glaubte? Ihre Kinder, sie, mit denen sie spielte und denen sie Gebäck für das Maifest vorbereitete ... das war eine sanfte Schizophrenie, ein Wahn in Rosa, durchzogen von Zuneigung und Zärtlichkeit. Und als Marella ihr das Kleidchen mit dem Fleck zeigte, das Elisa gegen den roten Spielanzug getauscht und ihr dagelassen hatte, da spürte sie einen Kloß im Hals und beeilte sich, ihn mit einem Schluck Tee hinunterzuspülen. Sie hatte die Kinder der Santoros geliebt, sie waren so lebhaft und selbstständig gewesen ... die kleine resolute Elisa, halb Prinzessin und halb Wildfang, und Iacopo, scharfsinnig und nachdenklich. Angesichts des Kleidchens mit dem Fleck hatte irgendetwas in ihr kapituliert. Nicht dass sie überzeugt gewesen wäre, natürlich nicht. Eher war es eine leichte Unduldsamkeit gegenüber dem Übermaß an rationalem analytischem Herangehen, das Alessandro an den Tag legte. Was war Schlimmes daran, hatte sie sich wieder gefragt, wenn Marella glaubte, die Kinder zu sehen? Wenn sie Beweise für ihre Besuche erfand und auch das Gebäck für sie aß? Das tat niemandem weh. »Mir tut es weh!«, sagte Alessandro nachher. »Und vor allem ihr selbst ... Was zum Teufel redest du da, Emma?« Alessandro hatte Recht, und sie beeilte sich, ihn wieder zu beruhigen. »Es war nur so, dass ich in jenem Augenblick das Gefühl hatte, von einem Kokon eingesponnen zu werden ... das war mir noch nie passiert. Und dabei wusste ich darüber Bescheid, es handelt sich um eines der banalsten Risiken in unserem Beruf. Wir sprechen vom Verlust der Skepsis. Die Patienten reden, erklären, und nach und nach dringen ihre Argumente bei dir ein, und wenn du dann weniger wachsam bist ... Jedenfalls scheint es so, dass es früher oder später jedem passiert, wenigstens einmal. Zu große Selbstsicherheit vielleicht ...«

Und die Fledermaus. Sie dachte an die Fledermaus, während Marella von den Kindern sprach. An die Fledermaus, die im Tiefflug über das Wasser flatterte und sich ihren Schluck Wasser holte ... und vor allem daran, was im Herbst geschehen würde, wenn sie wie üblich das Wasser aus dem Swimmingpool lassen würde.

»Ich weiß nicht, was man von mir will«, hatte Marella gesagt. »Wenn sie zurückkommen, wenn sie mit mir zusammen sein wollen, soll ich ihnen dann die Tür vor der Nase zuschlagen?« Die Falle war in dem Moment zugeschnappt, als Marella diese Frage gestellt hatte, der sie nichts entgegenzusetzen wusste. Ich könnte das Wasser im Swimmingpool lassen, solange die Fledermaus kommt. Das ist zwar ein zusätzliches Problem, aber ...

»Es herrscht eine solche Lieblosigkeit überall«, war Marella fortgefahren. »Alessandro sagt, ich soll ausgehen … wieder Freunde treffen. Was für Freunde denn? Ich spreche nicht von dir … Du bist tatsächlich die einzige Freundin, die mir geblieben ist. Aber Costanza? Und Maria Pia? Ganz zu schweigen von solchen wie Angela, die nichts anderes kann als Pasta kochen, oder Lena, die immer darüber redet, was sie mit ihrem Mann im Bett treibt. Aber Maria Pia? Ausgerechnet sie, die in meinem Büro arbeitet … ich habe ihr alles beigebracht … Und was hat sie getan? Ein- oder zweimal angerufen, vergiss es …«

»Sie ist da gewesen«, hatte Emma schwach protestiert. »Gleich danach … aber du erinnerst dich nicht daran, du warst nicht in der Lage, irgendetwas wahrzunehmen …«

»Und wo sind meine so genannten Freundinnen nach den Pflichtbesuchen geblieben? Als ich die Augen wieder aufgemacht habe, waren sie alle verschwunden. Costanza zum Beispiel … Marella hier, Marella da … dann nichts mehr … sicher, heute laden sie uns zum Abendessen ein, aber was sollte ich da? Gift schlucken und so tun, als wäre nichts? Alessandro macht das … doch er sieht die Dinge anders. Ich sage nicht, dass er nicht leidet, dass er nicht daran denkt. Doch ich weiß, was er von mir möchte. Und du weißt es auch. Noch ein Kind … und seine Unsterblichkeit wäre gesichert. Er macht sich das nicht bewusst, aber so ist es. Das ist es, was er will. Ihm würde das genügen, um sich die Zukunft zu sichern … aber das ist nicht Liebe, Emma, das hat nichts mit Liebe zu tun.« Es lag keine Aggressivität in ihrer Stimme, es war nur eine traurige Feststellung. Emma dachte, dass Alessandro übertrieb. Egal, was geschehen war, Marella schien so klar, so gelassen, so gerecht in ihren nüchternen Beobachtungen. »Wie konntest du ihr nur glauben?«, protestierte Alessandro später. »Ich weiß es nicht. Ich habe es dir ja schon gesagt. Vielleicht ist es auch das gewesen, was sie über den Mangel an Liebe gesagt hat. Ich habe versucht, mich in ihre Lage zu versetzen, ich habe auf diesem Gebiet nie viel Erfahrung gehabt …« »Ah ja«, erwiderte Alessandro sarkastisch. »Aber du holst mit Riesenschritten auf, seit du diese Signale aus deinem Bauch bekommst.«

»Aber jetzt ist mir das egal.« Marellas Augen hatten zu leuchten begonnen. »Auch, ob man mir glaubt. Ich will nur, dass sie mich in Frieden lassen. Ich brauche weder Prozac noch irgendein anderes Teufelszeug … Ich will zu Hause bleiben und auf meine Kinder warten …« Sie hatte einen Moment gezögert, als wollte sie das Terrain sondieren. »Sie kommen, weißt du? Ich bin in der Küche, und ich höre sie auf dem Flur … und gestern«, hatte sie gesagt und ängstlich-verschwörerisch gekichert, »gestern hat Elisa mir ein Küsschen gegeben … ich wollte das Bett machen, und Elisa hat mich überrascht, ein Küsschen – und weg … sie ist weggelaufen, und ich habe sie nicht mehr gefunden, doch ich mache mir keine Sorgen mehr. Ich weiß, dass die Kinder in der Nähe sind. Iacopo hat neulich abends schmutzige Socken auf dem Bett liegen lassen. Also habe ich sie ihm schön gewaschen, gebügelt und in sein Zimmer gelegt. Am nächsten Morgen waren sie nicht mehr da, doch dafür habe ich die Unterhosen gefunden … Iacopo hat einen immer schon ein bisschen ausgenutzt« – das würde sie Alessandro nicht erzählen. Es war ein wenig zu viel. Auch weil sie sich später bei dem Gedanken geschämt hatte, mit ihr zusammen gekichert und sie sogar gefragt zu haben …

»Wie … wie geht es den Kindern?«

»Sehr gut, nicht einmal Schnupfen … sie sind hart im Nehmen.« Sie sind hart im Nehmen. Im Grunde war nichts Schlimmes daran, im Winter das Wasser im Swimmingpool zu lassen. Es würde nur die Kosten erhöhen, und sie musste daran denken, das Wasser regelmäßig zu wechseln. Sie musste sich informieren, einen Fachmann fragen.

»Entschuldige mich einen Moment, ich hole ein wenig Eis,

der Tee wird langsam warm«, hatte Marella gesagt – und damit hatte jenes Zwischenspiel begonnen, das sie weder Alessandro noch sonst jemandem erzählen würde, und wenn sie hundert Jahre alt werden würde. Über das sie, daran zweifelte sie nicht, sich in Zukunft weiter den Kopf zerbrechen und eine Hypothese nach der anderen verwerfen würde, um sich schließlich dafür zu entscheiden, dass sie sich zu sehr habe hineinziehen lassen, als Folge der Absurdität des ganzen Nachmittags, der Verblüffung, die sie erfasst hatte, und jenes Verlusts der Skepsis, der manchmal auch bei Leuten mit dem klarsten Verstand vorkommt, oder gar als Folge ihres Zustands, des Aufruhrs der Hormone, der ihr Nervensystem kurzgeschlossen hatte. Und vor allem als Folge der Kühle und Stille, die in der Wohnung herrschten und die eine Art ansteckende Heiterkeit ausströmten, sie an ein Erwachen nach hohem Fieber in der Kindheit erinnerten, das Wunder eines neuen Tages voller Licht – weit weg von dem dunklen, erhitzten Delirium der Krankheit – und den schmalen Streifen Blau, den man durch das Fenster neben dem Bettchen sehen konnte, wie ein Lächeln des Himmels.

Sie war eingetaucht in dieses Wohlgefühl, in die festliche Stimmung der Genesung, und ignorierte die Signale, die ihr Gehirn ihr unerbittlich weiter sandte. Da ist keine Gesundung im Gange, allenfalls eine Verschlechterung. Und als sie wenige Augenblicke später hochgesprungen und das Glas heruntergefallen war und Marella, die das Geräusch gehört hatte, aus der Küche gelaufen kam, war die Realität mit einer derartigen Gewalt über sie hereingebrochen, dass sie sich nur durch ein Wunder auf den Füßen halten konnte.

Marella hatte sie angesehen, und ein unklares Lächeln war über ihr Gesicht gehuscht.

»Es tut mir Leid …«, hatte Emma gestammelt, »es ist mir aus der Hand gerutscht … ich weiß nicht, wie das passiert ist …«

»Mach dir keine Sorgen. Wenigstens ist das hier heil geblieben. Unzerbrechliches Glas … mit der Zeit lernt man, Vorkehrungen zu treffen.« Da war ein spöttischer Ton in ihrer Stimme, auch ein Anflug von Erleichterung, ähnlich der, die man empfindet, wenn man nach einem besonders gefährlichen Tauchgang wieder an die Oberfläche kommt.

Sie musste gehen, es war spät geworden, sie hatte Nachtschicht im Krankenhaus, sie hatte nicht gemerkt, wie die Zeit vergangen war. Die Entschuldigungen, schwach und wirr, waren alle zugleich aus ihr herausgesprudelt, und wie sehr sie auch spürte, angesichts dieser Frau mit dem ironischen und doch verständnisvollen Lächeln, die mit dem Eiskübel in der Hand dastand, wie unzulänglich ihre Worte waren, so stellten sie doch die einzige Krücke dar, nach der sie greifen konnte.

Marella hatte sie gehen lassen – genau dies war ihr Gefühl gewesen … dass Marella sie aus purem Wohlwollen hatte gehen lassen, ohne irgendwelche weiteren Fragen zu stellen. Und von der Schwelle aus, während sich die Türen des Aufzugs schlossen, hatte sie zu ihr gesagt, sie könne wiederkommen, wann immer sie wolle, sie sei ein willkommener Gast.

Wem willkommen? – Doch die Frage war zu beunruhigend, um sich mit ihr zu beschäftigen, während sie noch im Aufzug stand, der sanft nach unten fuhr, um sie verstört und schweißgebadet im Erdgeschoss dieses eleganten Wohnhauses abzusetzen, eingehüllt in eine leichte Brise, die vom Meer her wehte.

Sie hatte tief durchgeatmet, an diesem windigen Maiabend, als gerade die Sonne unterging, hatte sich gezwungen, normal zu gehen, ruhig die Tür ihres Wagens zu öffnen, die Alarmanlage auszuschalten. Kontrolle, das war es, was sie jetzt brauchte, später würde sie in Ruhe darüber nachdenken. Sie hatte viel Zeit, sich davon zu überzeugen, dass es sich um nichts anderes als Autosuggestion gehandelt hatte, einen willkürlich interpretierten Reflex. Dass eine Nacht im Krankenhaus, konfrontiert mit dem echten Leiden der Kranken, mit der Einlieferung der Opfer nächtlicher Unfälle, mit dem Gestammel einer von einer Gangsterbande überfallenen Drogenabhängigen, die Dinge wieder ins rechte Licht rücken würde. Und sie würde zu der Überzeugung kommen, es nicht gesehen zu haben, nicht einmal für einen Moment, das Mädchen in dem roten Spielanzug im Spiegel des Wohnzimmers, und dass sie es ebenso wenig gesehen hatte, als sie sich ruckartig umdrehte und hinter sich blickte, dabei des Glas umstieß, hochsprang, um dann in den leeren Flur zu schauen, denselben Flur, auf dem Marella mit ihrem viel sagenden Lächeln gelaufen kam. Und wer weiß, ob sie zu dem Mädchen nicht kurz vorher in der Küche vorwurfsvoll gesagt hatte: »Elisa, du darfst die Tante nicht erschrecken!«

Sie hatte aufs Gaspedal getreten, ungeduldig, diesen freundlichen Zufluchtsort zu erreichen, der das Krankenhaus war. Nein, dies würde sie mit Sicherheit Alessandro nicht erzählen können, auch nicht Franco oder dem Chefarzt der Psychiatrie. Über eine solche Geschichte musste man immer wieder nachdenken, bevor man sie ad acta legen konnte.

Aber jedenfalls würde sie, um keinen Fehler zu machen, wenn der Herbst kam, das Wasser nicht aus dem Swimmingpool lassen. Es würde als die Extravaganz einer hochschwangeren Frau durchgehen – und »nimm dir Zeit«, würde sie Alessandro raten. »Lass uns abwarten … vielleicht ist es eine vorübergehende Krise, eventuell können wir andere Ärzte hinzuziehen, später … aber lass sie nicht einweisen.« Nicht einweisen, wirklich nicht. Wenn mein Swimmingpool voll Wasser bleibt, musst du sie auch nicht einweisen lassen.

Sie spülte gerade das Geschirr und hörte mit halbem Ohr die immer gleichen Meldungen der x-ten Fernsehnachrichten des Abends, als das Telefon klingelte.

Mit einer gewissen Unruhe ging sie ins Wohnzimmer, denn es war schon spät, und sie musste daran denken, was ihr Vater ihr in den letzten Tagen über den Gesundheitszustand der Mutter gesagt hatte. Es hätte ihr gerade noch gefehlt, dass etwas Schlimmes passiert wäre … Dann hätte sie Alessandro aufspüren und mit ihm zusammen sofort in den Ort fahren müssen. Was bedeutete, dass sie gezwungen wäre, mehr als eine Stunde in Gesellschaft ihres Mannes im Auto zu verbringen und seine ständigen Versuche, sich mit ihr zu unterhalten, abzuwehren. Um dann, schon erschöpft, eine dunkle Nacht der Totenwache oder, noch schlimmer, eine lange Agonie in der bedrückenden Anwesenheit des ganzen Dorfs zu ertragen. Aber vor allem hätte sie die Wohnung verlassen müssen … vielleicht tagelang. Sich um die Beerdigung kümmern, um ihren Vater, die Besuche. Und die Kinder? Wie sollte sie es schaffen, die Kinder zu benachrichtigen? Was würden sie denken, wenn sie die Wohnung leer vorfanden?

Mit Mühe – als wäre er zentnerschwer – nahm sie den Hörer ab. Doch es war nur Alessandro, und ihre Erleichterung war so groß, dass sie für einen Moment den Zustand des kalten Kriegs, in dem sie sich befanden, vergaß und so freundlich »Was gibt's?« fragte, dass er am anderen Ende ein wenig verunsichert war. Er könne nicht nach Hause kommen, Geschäfte.

Er werde sie morgen anrufen. »Schließ gut ab und schreib auf, wer für mich angerufen hat … gute Nacht, Marella.«

Sie legte wieder auf. Das ist jetzt das sechste Mal, dachte sie. Man konnte wohl sagen, dass er in die Kanzlei gezogen war. Gut für ihn, da wird er Zeit haben nachzudenken, in der Einsamkeit der Nacht. Und was sie anging, missfiel es ihr ganz und gar nicht. Es ging jetzt seit zwei Wochen so, jede zweite Nacht. Er hatte sie beim Wort genommen. Hatte sich mit einer Liege in der Kanzlei eingerichtet und sich ein bisschen Wäsche mitgenommen. Es schien so, als sei er entschlossen, es durchzuziehen. Oder vielleicht ertrug er ihr Schweigen nicht mehr. Oder er wollte sie bestrafen. Sollte er nur. Was sie anging, waren die Nächte, in denen er nicht nach Hause kam, ein Gewinn … eine kostbare Zeit für sie selbst. Die Kinder kamen kurz vorbei, um sie zu begrüßen, um ihr gute Nacht zu sagen … und auf jeden Fall gab es immer viel zu tun. Ihre Kleider zu waschen, etwas Süßes vorzubereiten, um es auf den Nachttisch zu stellen … oder in heiligem Frieden einen schönen Film aus den dreißiger Jahren anzusehen, etwas von der Art wie *Mr. Deed geht in die Stadt*, der Alessandro ein Dorn im Auge war … – »willst du den etwa mit dem *Dreckigen Dutzend* vergleichen?«

Es hätte also letztlich nicht besser laufen können. Keine schlechten Nachrichten, vielmehr hatte sie den ganzen Abend für sich. Sie deutete in der auf Hochglanz polierten Küche einen Tanzschritt an und trällerte leise den Kinderreim, den ihr ihre Mutter früher vorgesungen hatte.

Alessandro beendete die Verbindung auf seinem Handy und verscheuchte den Gedanken an Marella aus seinem Kopf. Die hereinbrechende Nacht vibrierte vor elektrischer Spannung. Die Zeit war gekommen … Die Zeit der großen Jagd, und die Blitze, die den Sommerhimmel zerrissen, ließen den Horizont über dem Meer taghell aufscheinen und unterstrichen mit ihrer für die Jahrezeit ungewöhnlichen Heftigkeit, dass die Aktion unmittelbar bevorstand.

Die Nachricht war am späten Nachmittag gekommen, als er mit Santovito in der Bar an der Piazza einen Kaffee trank. Beim Zahlen sagte der Kassierer im gleichen alltäglich-banalen Ton, in dem er ihm den Betrag genannt hatte: »Da ist jemand, der mit dir sprechen muss. Er erwartet dich an einem der Tische hier draußen, gegen elf. Du wirst ihn erkennen … Grüße an deinen Vater und meine Empfehlungen an die Signora.«

An den Tischen dieser Bar, mitten auf der Piazza im Zentrum! Was hattest du denn erwartet? Noch einmal im Steinbruch oder in tiefer Nacht am Rand einer steilen Klippe? Er hatte still über seine Fantasien gelacht und sich Santovito angeschlossen, der vor einer Gruppe von Nichtstuern große Reden schwang: »Dieses Jahr wird es nicht wie letztes Jahr. Dieses Jahr machen wir die Preise … und wenn die Käufer sich nicht beugen, dann lasse ich die Trauben an den Rebstöcken verfaulen, darauf habt ihr das Wort von Luigi Santovito! Es wird Zeit, dass wir es diesen kleinen Arschlöchern zeigen … Sollen sie doch nach Apulien gehen und ihre Trauben da kaufen! Aber wir müssen alle einig sein! Richtig, Santoro?«

Er hatte zerstreut genickt, begleitet von den überzeugten Gesten der anderen. Dieses Jahr wird es nicht wie letztes Jahr. Du weißt nicht, wie Recht du hast, lieber Luigi.

Ein Blick auf die Uhr: Es war sieben, und noch immer brannte die Sonne vom Himmel. Noch vier Stunden. Die letzten vier Stunden des Wartens. Die schwierigsten.

»Hast du Lust, kurz auf den Besitz Battistini zu fahren?«, fragte er Santovito in einer Pause seiner improvisierten Versammlung.

Santovito zögerte einen Moment länger als nötig, bevor er antwortete.

»Ich weiß nicht … ich bin nicht mehr so ganz überzeugt. Ich habe einen Haufen Unkosten am Ende des Jahres. Ich hatte kurz daran gedacht, aber … ich möchte noch ein bisschen darüber nachdenken, falls du keine anderen Angebote hast, ich habe da Gerüchte gehört …«

»Gerüchte, an denen nichts dran ist«, sagte Alessandro knapp. »Jedenfalls stände dein Teil nicht zur Diskussion. Ich habe es dir versprochen. Und es grenzt an deinen Besitz. Und Emma würde dabei auf keinen Fall verlieren.«

»Gib mir noch ein wenig Zeit …«, schloss Santovito mit sichtlichem Unbehagen. Obwohl er so aufgeregt war, entging dies Alessandro nicht. Er hatte ihm den Abschluss des Geschäfts noch vor wenigen Tagen als sicher hingestellt, und nun zog er sich zurück.

»Hast du das von Costanza gehört?«, wechselte Santovito das Thema.

Sie schlenderten an der Piazza entlang auf die Strandpromenade zu. Noch waren nur wenige Leute unterwegs, aber um zehn würde die Piazza gedrängt voll sein. Sie dachten wirklich an alles. Es gibt keinen besseren Ort, um ein Geheimnis auszutauschen, als einen Platz voller Menschen. Du wirst ihn erkennen … wer weiß, was …

»Franco hat mir was erzählt«, antwortete er. »Aber wir hatten keine Zeit, um …«

Santovito machte eine Geste, als wollte er die Sache herunterspielen. »Nichts Ernstes … ein paar gequetschte Rippen und blaue Flecken … aber der Golf ist übel zugerichtet. Scheiße, Frauen sollten doch nicht ans Steuer. Angela kann Gott sei Dank nicht mal Fahrrad fahren … eine Sorge weniger, sage ich dir. Jedenfalls hat Pierguido Costanza mit ihrer Mutter in die Berge geschickt, damit sie sich erholt. Wenn ich mir überlege, dass ich bei Costanza jede Wette eingegangen wäre. Sie wirkte so sicher … als hätte man es beweisen wollen … sie sind alle gleich: ewig hysterisch, und wenn sie versuchen, entspannt zu fahren, setzen sie das Auto irgendwo gegen! Aber … es ist spät geworden.« Er sah Alessandro an, der mit den Händen in den Taschen unsicher herumtrödelte. »Kommst du zum Essen mit zu mir? Ich muss doch nicht darum herumreden … ich weiß, dass … also … Zartgefühl ist nicht gerade meine Stärke …« Er zuckte mit den Schultern.

»Mach dir keine Sorgen … inzwischen pfeifen es doch die Spatzen von den Dächern. Was kann man machen? Die Frauen … alle gleich, wie du gesagt hast. Aber ich muss Marella Zeit geben, es ist nur eine vorübergehende Lösung. Ich werde die Situation so bald wie möglich wieder in die Hand nehmen. Man muss durchhalten, lieber Luigi, durchhalten …«, und es kam ihm wie gerufen, dachte er und hielt ein böses Lachen zurück. Manchmal in der Wohnung und manchmal in der Kanzlei zu schlafen bedeutete Bewegungsfreiheit. Jede Abwesenheit würde von jetzt an unbemerkt bleiben. Ihm fiel ein, dass er Marella anrufen müsste. Es war undenkbar, heute Abend nach Hause zu gehen. Die Information würde wie eine Dosis Kokain in den Kreislauf schießen. Da brauchte er eine Nacht für sich, um sie zu verarbeiten, bevor er die Sache anpackte.

»Danke für die Einladung.« Er musste diesen einfältigen Santovito loswerden, bevor der ihn bei einem nicht enden wollenden Abendessen festhielt. »Vielleicht ein anderes Mal … ich bin mehr oder weniger mit Baby verabredet …« Eine eiskalte Lüge, doch Baby war stets ein guter Vorwand, so rastlos, wie er immer durch die Gegend zog.

»Alarmstufe Rot«, lachte Santovito. »Baby drückt dir ein Glas in die Hand, und morgen stehst du immer noch stammelnd mit *Delirium tremens* auf der Straße. Gibt Acht, er hat einen ansteckenden Rausch. Neulich abends bei uns zu Hause hat er sogar Angela betrunken gemacht. Ich kann dir nicht sagen, in was für einem Zustand ich selbst war … und zum Glück ist die Kleine erst zwei Jahre alt, sonst hätte sie nachher auch unter dem Tisch gelegen ... aber auf jeden Fall viel Glück, und bitte ... übertreibt es nicht!«

Sie hatten sich ungefähr um acht getrennt, und jetzt war es fast zehn. Doch er hatte nicht im Entferntesten daran gedacht, zu Abend zu essen. Er streifte durch den Ort, erwiderte bei jedem Schritt Zurufe und Grüße, bis gegen neun Uhr alle verschwanden, um sich voll zu stopfen, und er sich ins Auto setzte, ziellos durch die halb verlassenen Straßen fuhr, dann auf Feldwegen hinaus aufs Land, an den Grenzen des Besitzes Battistini entlang ... Santovito, wirklich ... komische Geschichte ... dann schließlich wieder den Hügel hoch, in Richtung des Castello Rizzo, das arrogant dort oben thronte. Auf halber Höhe am Osthang verbreiterte sich die Straße um einen verfallenen, baufälligen Wachturm herum. Dort hielt er an, um ein paar Schritte zu gehen.

Er stützte sich auf die Balustrade, eine prätentiöse Konstruktion, die erst ein paar Jahre alt war und an den Stil des alten Turms erinnern sollte, und ließ seinen Blick über das weite Tal schweifen, das sich unter ihm erstreckte und dessen Ausläufer das Meer umfingen und eine große Bucht bildeten. Die Lichter des Orts blinkten in der Dämmerung wie eine kleine heimische Milchstraße, und dort, wo sie dichter wurden, nahe am Meer, öffnete sich die Piazza. Die Piazza, wo in einer guten Stunde das lange Warten ein Ende haben würde. Gleich daneben, in der Hauptstraße, saß Santovito gerade mit Angela bei Tisch und schlug sich den Bauch voll, während im Osten, beinahe am Ortsrand und kurz vor dem Meer, Marella dabei war ... nein, er wollte in diesem Moment nicht an Marellas wirre geistige Nahrung denken. Er hätte sie anrufen sollen, doch es war noch Zeit, und Marella erwartete ihn seit dem Tag der lustigen kleinen Familienfeier nicht mehr zum Essen. An dem Tag hätte er sie umbringen können, aber auch daran wollte er nicht denken … ein Adrenalinstoß durchfuhr ihn, während das Bild Marellas verblasste und dem von Costanza wich. Es stimmte eigentlich schon, was Luigi gesagt hatte: Am Steuer waren sie alle gleich. Doch dieses eine Mal hatte er sich getäuscht … Costanza wusste, was sie tat, und er wäre bereit gewesen, angesichts der Ereignisse zu ihren Gunsten auszusagen. Aber das war wirklich nicht angebracht.

Er stützte die Ellbogen auf die Balustrade, spürte den Wind, der ihm ins Gesicht wehte, und wie die Erregung, die in seinem Inneren wuchs, sich mit der Erregung vermischte, die der Gedanke an Costanza ausgelöst hatte. Wenn er sie jetzt nur in den Händen haben könnte … Doch sehr bald sollte er seine Information bekommen, und das Verlangen würde sich anderen Zielen zuwenden. Besser so, denn die Sache mit Costanza war sowieso abgeschlossen. Aber sie war wirklich schlau! Am fraglichen Abend auf der Piazza hatte man von nichts anderem gesprochen: Costanza Napolitano hatte einen Unfall gehabt, am Nachmittag, in der Nähe vom Supermarkt. Sie hatte die Kontrolle über ihren Wagen verloren und war gegen eine Mauer gefahren. Eine ausgekugelte Schulter, ein paar gequetschte Rippen, Hautabschürfungen überall und ein Schädeltrauma – das hatte sie vielleicht bei dem Unfall bekommen, überlegte er. Daran hatte er keine Schuld.

Nicht, dass er sich schuldig gefühlt hätte. Sie hatte es verdient. Sie und dieses Arschloch von Napolitano. Aber das bedeutete nicht, dass er sie nicht bewundert hätte … eine Frau mit Schneid, eine, die ihr Hirn zu gebrauchen wusste. Er hatte ihr nur geholfen, das Beste aus sich herauszuholen. Scheiße, eine wie Angela oder wie Lena wäre vollkommen verloren gewesen, sogar Emma oder Marella … doch Costanza hatte es hinbekommen, auch wenn er nicht wusste, was genau nachher abgelaufen war. Schade, dass man sie in die Berge verbannt hatte. Der Genesungsfick wäre gut gewesen, auch wenn er daran zweifelte, dass es je dazu gekommen wäre. Sein Verhalten war ziemlich Besorgnis erregend gewesen. Wie zum Teufel bist du auf die Idee gekommen, die Napolitano so zuzurichten? Hast du dir nicht die Risiken überlegt? Klipp und klar: Wenn Costanza nicht für dich gedacht und gehandelt hätte, was wäre dann aus der großen Jagd geworden, kannst du mir das sagen? Wer hätte sich um den Scheißkerl gekümmert?

Einen klaren Kopf, das war es, was er brauchte. Vor allem jetzt, wo alles wie am Schnürchen lief.

Einen klaren Kopf … und quasi passend dazu blitzte es über dem Meer auf, hell und klar über der dunklen Masse des Wassers. Einen klaren Kopf, dachte er, als er Marella anrief und an ihrem Ton irgendetwas wahrnahm, das anders war und das er sich in Hinblick auf seine Verabredung zu ignorieren zwang.

Ein kräftigerer Blitz zerriss den Himmel, entlud einen Feuerstrahl ins Meer, und Alessandro warf einen Blick auf die Uhr. Zwanzig nach zehn. Genügend Zeit, sich wieder ins Auto zu setzen und zurück in den Ort zu fahren. Er würde an der Strandpromenade parken und zu Fuß zur Piazza gehen, und dann … Meine Herren, ich erkläre die Jagdsaison offiziell für eröffnet.

Die Blitze tauchten das Schlafzimmer in regelmäßigen Abständen in taghelles Licht. Marella zog die Bettdecke fest um sich und steckte den Kopf unter das Kissen. Nicht dass sie Angst hätte – wann je hatte sie Angst vor Blitzen gehabt? –, doch dieses in Wellen aufeinander folgende Leuchten erinnerte sie an irgendetwas, das sie nicht genau zu fassen vermochte. Donnerschläge und Leuchten am Himmel und eine alte Angst … doch jetzt war der Abend ruhig. Wo auch immer das Unwetter tobte, nur das Licht der Blitze streifte die stillen Häuser am Meer. Ein elektrischer Sturm vor einem mit Sternen übersäten Himmel, stille Blitze, bei denen sie zuerst geglaubt hatte, es handle sich um Spezialeffekte, ein neuartiges Feuerwerk in irgendeinem Ort in der Nähe. Feuerwerk … hatte der Gedanke daran sie nervös gemacht? Die Blitze hatten nach zehn Uhr begonnen, als im Fernsehen gerade der Abspann eines Musicals von Busby Berkley lief. Es war ein einsamer, doch alles in allem entspannter Abend gewesen, schade nur, dass die Blitze sie erschreckt hatten – vielleicht war es wirklich die Elektrizität, die sie unruhig machte. Sie spürte sie an ihrem Körper entlanglaufen, sogar in diesem Zustand der Mattigkeit, in dem sie langsam versank. Morgen würde sie mit Alessandro reden müssen, um die Situation zu klären … dieses Kommen und Gehen begann ihr lästig zu werden, es erinnerte zu sehr an Freiheit auf Bewährung. Sie würde es ihm klipp und klar sagen … die Kanzlei war nur eine provisorische Lösung, doch wenn es für ihn in Ordnung war … Hauptsache, er brächte sein Zeug weg und täte ihr den Gefallen, sie zu benachrichtigen, wenn er kommen müsste, um irgendwas zu holen. Kurz und gut: Er sollte einfach gehen. Und zwar endgültig. Es hatte keinen Sinn mehr weiterzumachen … und sie musste sich um das Feuerwerk kümmern … also um die Kinder … da waren immer noch große Lichter, die wieder und wieder den Ort erleuchteten … Und plötzlich war sie vollkommen wach, die Ohren gespitzt, um jenes leise Klirren von Gläsern zu hören, und so etwas wie ein in größter Heimlichkeit mitten in der Nacht geflüsterter Trinkspruch. Dann hörte sie das leise Trippeln nackter Füße, das Quietschen der Tür in den Angeln, und sie streckte im Dunkeln die Arme aus. »Mami, die Blitze haben uns geweckt … dürfen wir ins große Bett kommen?«

Sie hob die Bettdecke hoch und ließ die Kinder darunterschlüpfen. »*Iss* will in die Mitte«, nuschelte Elisa im Halbschlaf. »Ich auch«, murmelte Iacopo. »Ich auch«, sagte auch Marella.

Die Pausen zwischen einem Blitz und dem nächsten wurden

immer länger, während sie einschliefen – ein warmes Knäuel aus Armen, Haaren, Betttüchern, Schlafanzügen, das sich in der Mitte des Bettes bildete, wie ein Scheiterhaufen, der darauf wartete, entzündet zu werden. Und davon träumte Marella, im glücklichen Schoß der Nacht.

Er steckte den Schlüssel ins Schlüsselloch und schob die Tür auf. Der Eingang lag im Halbdunkel, doch von der Schwelle des Wohnzimmers wurde ein Rechteck aus Licht zurückgeworfen, das den Boden aufflammen ließ und der Netzhaut, wenn man es zu lange fixierte, fluoreszierende Flecken einbrannte.

»Marella!«, rief Alessandro und machte die Augen ein paar Mal auf und zu, um wieder deutlicher zu sehen, während er die Schlüssel auf das niedrige Schränkchen am Eingang fallen ließ.

»Marella«, wiederholte er, noch zu benommen nach der schlaflosen Nacht, um sie suchen zu gehen. Er ließ sich auf die unbequeme kleine Couch am Eingang fallen und fuhr sich mit den Händen durchs Haar. Er warf einen Blick auf seine Uhr. Zehn. War es möglich, dass sie noch schlief? Wieso nicht? Was weißt du schon? Vielleicht schläft sie, bis du nach Hause kommst. Schläft und träumt …

»Marella …«, murmelte er müde und streifte die Mokassins ab, in denen er sich die Füße heiß gelaufen hatte.

Vielleicht schlief sie noch. Oder vielleicht war sie ausgegangen. Um Spielzeug zu kaufen. Oder neue Jeans für die Kinder. Oder ein Messer, um sich die Kehle durchzuschneiden.

Er legte die Hände vors Gesicht und atmete tief aus, presste aus seinen Lungen die Schlacke jener absurden Nacht heraus, doch sie stieg weiter hoch in seinen Kopf, konzentrierte sich in einem Pulsschlag, der die Schläfen schmerzen ließ – sein Kopf fühlte sich an, als würde er von Blitzen durchzuckt. Doch was wusste er schon davon? »Das sind keine Blitze, das ist Wetterleuchten, ein stilles Aufscheinen. Selten, aber nicht ganz ungewöhnlich an unseren Küsten.«

Die Splitter des vergangenen Abends verletzten ihn, unerträglich wie Klingen aus Licht. Wenn er es nur geschafft hätte, für einen Moment den Stecker herauszuziehen und sich auszuruhen, doch der Schlaf würde nicht kommen. Nur eine Benommenheit, die seine Muskeln in einem festen Griff zusammenzog und seinen Kopf leer ließ, als müsste von einem Moment zum anderen ein Teil von ihm aufstehen, sich bewegen, handeln, während der andere nur darum flehte, die Spannung zu lockern, sich in Ruhe aufzulösen, im Vergessen zu versinken.

Den Faden der Zeit zerreißen, die Maschen auftrennen … aber das war nicht möglich.

»Marella …«, flüsterte er fast ohne Stimme in den leeren Gang hinein – beraubt der gewohnten Geräusche eines normalen Morgens, wenn die Wohnung erfüllt war von den hastigen Schritten seiner Frau, die herbeigelaufen kam, um die Kinder zu packen, die sich nicht waschen oder nicht zur Schule gehen wollten, während er Schlüssel und unauffindbare Papiere suchte, telefonierte, sich mit einer Hand die Schuhe zuband, mit ihr und mit den Kindern stritt, damit sie nur einen Moment ruhig wären, in dem Chaos dieser gereizten und beruhigenden Augenblicke, typisch für alle Morgen der Welt, als es noch eine Welt gab.

Marella, dachte er, in der unheilvollen Leere der Wohnung, den Blick fest auf dieses Rechteck aus Licht gerichtet, das ihn in einen leuchtenden Strudel zog, jedes Bild daneben unscharf machte, bis es sich auf eine einzige weiße Flamme reduzierte – *das ist Wetterleuchten, Santoro* –, die ihre blendende Form überallhin warf. Lieber Gott, warum? Warum gerade dieser Name, unter tausend möglichen?

Er stand im Telefonverzeichnis, in Marellas voll geschmierten Adressbüchlein, sogar im Festkalender der Kinder. Erst jetzt verstand er Marellas weitsichtige Klugheit, ihre vollkommene Gleichgültigkeit gegenüber dem Verantwortlichen, ihr Bemühen, am anderen Ende des Tunnels herauszukommen, sich nicht umzudrehen, nie. Sich der Zukunft zuzuwenden, der leuchtenden Welt der Toten, ohne auch nur einen Blick zurück zu riskieren, um nicht die absurde Belanglosigkeit des Lebens zu erkennen, seinen absoluten Mangel an Logik und Erbarmen.

Marella, fantasierte er, auf dem Grunde des tiefen Lochs, in das er aus Unachtsamkeit gefallen war: ein so auf die Verfolgung der Beute konzentrierter Jäger, dass er alles andere übersah, dass er sich selbst in die Beute verwandelte, dass er die Falle, nur eine Spanne neben seinem Fuß, nicht wahrnahm. Das Rechteck aus Licht, das seine falsche Flamme überallhin wirft, zum Verderben der Unachtsamen. »Das ist Wetterleuchten … ein stilles Aufscheinen … die Griechen nannten es das Auge der Sterne, siehst du nicht, wie heiter der Himmel ist?«

Die Wahrheit kann traurig sein. Nur dass er vergessen hatte, was Pierguido gesagt hatte. Er hatte es für eine von vielen dummen Bemerkungen gehalten, und vielleicht war es das auch wirklich gewesen … wenigstens bis zu dem Augenblick, als er die Gasse überquert und auf der Piazza herausgekommen war.

Die Piazza war voller Menschen, die in der fast sommerlichen Luft ihren Spaziergang nach dem Essen machten. An einem Abend wie diesem, vor gerade einmal einem Jahr, war er rastlos unterwegs gewesen: zwischen Krankenhaus und Leichenschauhaus, seiner Wohnung und der seines Vaters, um die Leichen zu identifizieren, Marella beizustehen, unverständliche Formulare auszufüllen, Hände zu drücken und sich umarmen zu lassen, alles in einem benommenen Gefühl der

Unwirklichkeit, das ihn immer wieder, wie in einem Trostlied, zu sich sagen ließ, dass nichts geschehen sei, dass es nur ein Albtraum sei: Er würde schweißgebadet wach werden und vor Erleichterung laut schreien.

Die Piazza hatte sich vor ihm leicht auf und nieder bewegt, wie ein nicht allzu sicher befestigter Kahn, und sich dann stabilisiert, ihr Gleichgewicht wiedergefunden. Er hatte automatisch ein paar Leute gegrüßt, als er über diesen weiten Platz auf die Tischchen draußen vor der Bar zuging, auf der Seite gegenüber wie Beiboote verankert, zwischen kleinen, sich im Wind wiegenden Palmen und der Menge, die darum herum wogte.

Du wirst ihn erkennen, hatte der Kassierer in der Bar gesagt. Würde es der Mann aus dem Steinbruch sein oder irgendein Bekannter? Wer weiß ... Dann hatte sich eine Hand aus dem Halbdunkel der Tische gehoben, zu einem kurzen Zeichen des Grußes, und da verstand er. Wer sonst konnte die Information überbringen? Wer sonst, wenn nicht er? Im Grunde hatte er es immer gewusst. Schließlich war er doch hier geboren und wusste, wie die Dinge liefen. Dass man, statt die Straße überqueren zu dürfen, gezwungen wurde, um das ganze Viertel herumzugehen, wenn man auf die andere Seite wollte.

»Ciao, Pierguido«, sagte er, als er bei ihm war.

Napolitano zeigte mit einer Hand auf den Stuhl neben sich. Er setzte sich hin, die Nerven bis zum Äußersten gespannt, beinahe unfähig zu akzeptieren, dass alles zu Ende war. Dass er in Kürze seine Information bekommen würde, dass der Winter endgültig vorbei war.

Napolitano schnippte mit den Fingern nach dem Kellner. »Magst du eine Granita?«, fragte er ihn höflich. »Zwei, mit Zitrone«, bestellte er gleich darauf, um sich dann wieder ihm zuzuwenden.

»Wie geht es? Ich danke dir, du bist pünktlich auf die Minute.«

»Ich habe nicht erwartet, dass ich hier auf dich treffe …«

»Dummes Zeug, das wusstest du sehr gut. Wir wollen uns doch keinen Blödsinn mehr erzählen, Santoro. Jedenfalls wenn du immer noch überzeugt bist, dass …«

»Mehr als überzeugt.«

»Also einverstanden. Doch zuerst die Granita. Ich habe heute Abend ein bisschen viel gegessen. Da ist eine Zitronengranita gut für die Verdauung.«

Alessandro lächelte, im schiefen Licht des Lampions. »Wir haben geschworen, uns keinen Blödsinn mehr zu erzählen … und du fängst sofort wieder damit an.«

»Na gut … eine Zitronengranita wird uns verdauen helfen, was wir nicht gegessen haben. Beide, oder irre ich mich? Scheint so, dass die Dinge für uns seit einer Weile nicht besonders gut laufen. Wie geht es Marella?«

»Ich weiß nicht … vielleicht hast du mehr Glück gehabt als ich, da es dir ja gelungen ist, mit ihr zu sprechen.«

In diesem Moment kam die Granita, garniert mit Waffeln und kandierten Kirschen.

»Festlich herausgeputztes Schmutzwasser«, kommentierte Pierguido, als er an seinem Glas nippte.

»Und Costanza?«

»Besser. Scheint so, dass die Gebirgsluft Wunder wirkt. Sagt ihre Mutter … sie will nicht mit mir sprechen. Sie ist beleidigt, weil ich wütend darüber geworden bin, wie sie den Golf zugerichtet hat. Ich war völlig im Recht, doch bei den Frauen redet man ja in den Wind. Es wird schon vergehen, aber in der Zwischenzeit spielen wir Verstecken, wie mit Marella übrigens auch. Ich hätte leichter einen Termin im Weißen Haus bekommen … doch das ist jetzt Schnee von gestern. Trink deine Granita, Santoro, es tut nicht gut, wenn man so lange nüchtern bleibt. Und jetzt hör mir wenigstens einmal zu.«

»Ich bin ganz Ohr, das weißt du, Pierguido.«

Da war ein freier Raum um sie herum. So gedrängt voll die anderen Tische auch sein mochten, umgab sie doch eine Art leerer Kreis. Vom Rande des Platzes winkte Michele Cardano ihnen kurz zu. Angela Santovito lief zwischen den Leuten hinter ihrem Kind her, keuchend und auf ihren hohen Absätzen schwankend. Sie sahen, wie sie einen Moment stehen blieb, um die Corradis zu grüßen, und dann wieder mit Vorwürfen und Drohungen hinter dem Kleinen her war. Lena Corradi lächelte zu ihrem Tisch hinüber, gleich zurückgerufen von der Gruppe, mit der sie unterwegs war. Ihm schien, er hätte Baby für einen Moment gesehen, und Franco, doch sie waren zu weit weg ...

»Was ist das? Ein magischer Kreis?«, fragte er Pierguido. »Oder laufen alle zur Strandpromenade, um die Blitze zu sehen?«

»Das ist Wetterleuchten, keine Blitze. Man nennt es Wetterleuchten«, hatte Pierguido ihn geduldig belehrt. »Ziemlich eindrucksvoll, findest du nicht? Selten, aber nicht ganz ungewöhnlich an unseren Küsten ... ein stilles Aufscheinen ... die Griechen nannten es das Auge der Sterne ... siehst du nicht, wie heiter der Himmel ist? Wetterleuchten, keine Blitze. Man sollte von jeder Sache den Namen kennen. Ich weiß, dass du eine solche Genauigkeit nicht besonders leiden kannst, aber das ist einer deiner Fehler. Bestimmt kein Vorzug. Du bist immer ein bisschen, wie soll ich sagen, chaotisch gewesen. Ein bisschen chaotisch, Santoro.«

»Und ihr haltet mich vier Monate hin, um mir das zu sagen?«, fuhr er hoch. Er fühlte sich am Ende. »Dafür lasst ihr mich monatelang warten? Sag mir diesen verdammten Namen, Himmel noch mal, und lass uns mit diesen Albernheiten aufhören!«

»Bei dem Namen haben die Albernheiten ein Ende. Siehst du, Santoro, dass ich Grund habe, mir Sorgen zu machen?«, entgegnete Pierguido. »Natürlich waren die Monate nötig. Du warst rasend, außer dir. Du hast unmögliche Kanäle benutzt. Sie mussten dir einen Fremden schicken … niemand wollte sich mit dieser Geschichte die Hände schmutzig machen. Ein wahnsinniges Chaos. Was glaubst du denn? Deine Frau wurde jeden zweiten Tag ins Krankenhaus eingeliefert. Du wirktest wie ein Hund, der sich von der Kette losgerissen hat. Wir mussten warten, Zeit gewinnen, versuchen, dich zur Vernunft zu bringen … Verdammt, Santoro, es war nicht seine Schuld! Er hat die Kinder nicht gesehen! Und er konnte nachher nicht kommen und dich um Entschuldigung bitten. Du hättest ihn umgebracht. Denk nur nicht, dass ich dich nicht verstehe. Bis zu einem bestimmten Punkt tue ich das. Und ich werde dir den Namen sagen. Doch zuerst … zuerst will ich dein Gedächtnis auffrischen, denn ich habe dich gewarnt! Für die Information ist ein Preis zu zahlen …«

»Ich bin mehr als bereit, ihn zu zahlen!«

»Unterbrich mich nicht! Wage nicht, mich noch einmal zu unterbrechen, Santoro!« Er war bleich geworden, um sie herum immer noch der Lärm der Piazza. Er zündete sich eine Zigarette an, und der Schein des Feuerzeugs erhellte für einen Augenblick sein angespanntes Gesicht, das die Wut hagerer erscheinen ließ. Ein Pierguido ohne Lächeln, finster, autoritär. Ein gefährlicher und entschlossener Fremder, der keine Spur von Geduld mehr zeigte.

»Es gibt einen Preis«, fuhr er barsch fort und zog an seiner Zigarette. »Ich habe dir gesagt, du solltest dich nicht auf dieses Spiel einlassen, aber du wolltest es nicht anders. Einverstanden. Es war deine Entscheidung. Ein Jahr ist vergangen, die Trauerzeit ist abgelaufen, und deine Wut hat sich gelegt, auch wenn du davon überzeugt bist, dass sie noch da ist. Und jetzt bist du bereit, deinen Namen zu bekommen und den vereinbarten Preis zu zahlen. Ist das richtig so?«

»Sie hatten mir … ihr hattet mir versprochen, dass ich gedeckt werde …«

»Gewiss. Alles zu seiner Zeit, Santoro. Jetzt kommt zuerst einmal der Name. Filippo Tommaso Maria … muss ich dir auch den Nachnamen sagen, oder genügt es so?«

Alessandro wandte seinen Blick von dem leuchtenden Rechteck ab und presste seine Finger auf die Lider, hatte wieder den Geschmack der Granita im Mund, die ihm sauer aufgestoßen war, als Pierguido diesen langen Taufnamen nannte. Ein ungeheuer langer Name für einen kleinen Jungen … einer dieser Namen, weswegen sie einen in der Schule aufziehen oder einfach »Maria« nennen, und dazu muss man Witze und Gelächter ertragen. »Er kann es nicht sein!«, erinnerte er sich geschrien zu haben. »Das ist nur wieder so eine Verarschung«, und der Kreis an den Rändern der Piazza hatte für einen Augenblick gebebt, er war verstummt, die Menge war auseinander gelaufen, als hätten sich die Kraftlinien, an denen entlang sie sich bewegte, durch die unerwartete Reaktion aufgelöst. Für den Bruchteil einer Sekunde, während Santoros Stimme über die Piazza dröhnte, hatte die Maskerade unerwartete Risse gezeigt, dann war das Getöse weitergegangen, lauter als zuvor, um seine Schreie zu übertönen, sie in dem Rauschen untergehen zu lassen, das sich aus der erneut in Bewegung geratenen dichten und fröhlichen menschlichen Flut an diesem warmen Frühsommerabend erhob.

Es war unmöglich. Er hatte keinen Unfall gehabt, sein Auto war nicht beschädigt, noch am selben Tag war er herbeigeeilt, um ihm zu helfen. Pierguido hob eine Hand und wies alle Einwände zurück: »Das Auto war das seines Schwagers, ein dunkelblauer Ford Mondeo. Was sie bei den Ermittlungen gesagt haben … nun, das hat zum Teil gestimmt. Nur sehr wenige im Ort hätten dieses Auto wiedererkennen können. Er war auf dem Land bei seinem Schwager gewesen, und als er zurückfahren wollte, sprang sein Auto nicht an. Er war in Eile, und deshalb nahm er den Ford. In einem gewissen Sinn hat auch dieses Detail Gewicht. Er fuhr einen Wagen, den er nicht gut kannte, war nervös und hatte es eilig. Er ist kein Mörder, Santoro. Es war einfach nur ein furchtbarer Unfall. Und er ist seitdem am Ende. Ich weiß nicht recht, an wem du dich jetzt noch rächen willst. Es wäre, als würdest du auf ein Gespenst einschlagen … aber das musst du entscheiden. Damit habe ich nun nichts mehr zu tun … Und jetzt wollen wir, wenn es dir recht ist, ein wenig über Geschäfte reden.«

Ein langer Name. Zu gewichtig für einen kleinen Jungen. Zu altmodisch in den Jahren des Rock 'n' Roll und des Mythos Amerika. Ein Name, den man abkürzen, den man ändern musste.

»Wer weiß es?«, fragte er. »Wer weiß es sonst noch?«

Pierguido fixierte ihn einen Augenblick lang, mit einem abweisenden, kalten Blick. »Ich habe dir schon gesagt, dieses Thema ist abgeschlossen. Wir haben über etwas anderes zu reden, du und ich. Wir müssen die Rechnung begleichen, und es ist schon spät. Fast Mitternacht. Wir wollen keine Zeit mit unangebrachten Fragen vergeuden. Ich weiß es, und jetzt weißt du es. Punkt und Schluss. Und ich glaube, es hat sich letztlich nicht gelohnt. Ich habe versucht, dich davon abzubringen, aber du hast nicht auf mich hören wollen. Wir haben dich an der langen Leine gelassen, wie lang, das zu beurteilen überlasse ich dir selbst … jedenfalls werden wir heute Abend alle Rechnungen begleichen, und so Gott will, werden wir nie mehr über diese Geschichte sprechen. Und jetzt reden wir über den Besitz Battistini.«

Filippo Tommaso Maria … nicht einmal seine Mutter hatte ihn so genannt: Filippo war ein unsympathischer Name, so unsympathisch wie der Schwiegervater. Tommaso … also ausgerechnet wie der Heilige, der nicht an die Auferstehung unseres Herrn glauben wollte.

Auf dem Gang in der großen, stillen Wohnung erinnerte sich Alessandro an die komische Geschichte dieses Namens, die sie sich vor Jahren erzählt hatten. Filippo Tommaso Maria? Nie mehr. Baby Perri ist alles, was ich der Welt zugestehen kann. Baby, schnell und kurz wie ein Aufzucken, ein Lächeln, ein Winken. Baby mit den Locken und den Mädchen, die ihn umschwärmten. Baby und Isabella. Baby und Emma, und diese kleine, riesige Sache zwischen ihnen. Baby auf der Terrasse, mit der kaputten Leber und sturzbetrunken. Baby und er, wie sie sich bei Mondschein im Nachtwind umarmen. »Mein Freund … mein großer Freund … *Alessandro il Grande.*«

»Wir reden ein andermal darüber«, murmelte er, an Pierguido gewandt, und starrte in die Granita, die im Glas schmolz.

»Nein, mein Lieber. Der Besitz Battistini kann nicht warten. Und ich auch nicht. Der Käufer ist bekannt, ich sage dir da nichts Neues. Die Neuigkeit ist eher, dass ich selbst an dem Geschäft interessiert bin. Wir haben uns wohl verstanden. Ich habe dir, nach heftigem Widerstand, gegeben, was du wolltest. Und jetzt wirst du den Besitz Battistini Mario Rizzo anbieten, auf dem Silbertablett … Und weißt du, was das Komische an der Sache ist? Dass ich das gerne vermieden hätte!« Pierguidos Lächeln kehrte zurück: offen, herzlich. Das Lächeln von einem, der Gesellschaft, die Menschen, das Leben liebt.

»Der Besitz Battistini gehört mir nicht«, murmelte Alessandro.

»Ach, Santoro, lass doch diese Geschichten. Emma wird tun, was du ihr sagst. Und außerdem hat jetzt keiner mehr eine Wahl. Haben wir uns verstanden, Santoro?«

»Hör auf, mich Santoro zu nennen!«

»Und wie soll ich dich nennen, mein Bester? Ah, sicher … früher habe ich dich Alessandro genannt. Doch die Zeiten ändern sich, Santoro, hast du das nicht gemerkt? Was uns nicht hindern soll, zu einer ehrenvollen Vereinbarung zu kommen. Eine Vereinbarung, für die du dich mit aller Kraft eingesetzt hast. Die Sache ist also geregelt, ein für alle Mal. Und darüber wird nicht noch einmal nachgedacht, Santoro, o nein … sonst fangen wir alle an, noch einmal darüber nachzudenken … wir könnten mit Costanza anfangen, beispielsweise … es würde genügen, ein paar Geheimnisse zu lüften … nur dass wir das nicht wollen, oder?« Sein Ton war jetzt leicht, fast frivol, wie bei einem, der einen Windsurf-Wettbewerb organisiert. »Also lassen wir alles, wie es ist. Sagen wir, dass wir in einem knappen Monat auch den Vertrag schließen, bis dahin ist ein bisschen Liquidität da … und der arme Mario wieder auf dem Damm. Zwei Krankenschwestern, nach dem letzten Schlag. Tja, es sind schlechte Zeiten … es sind immer schlechte Zeiten. Ich kann mich überhaupt nicht daran erinnern, dass die Zeiten je nicht schlecht gewesen wären …«

Hör dir das an, Marella. Weißt du, an wen der Besitz Battistini geht? An den Mann mit dem goldenen Pimmel, an den keuchenden Dickhäuter, an das Arschloch, das sich von meinem Vater sein Castello hat bauen lassen … und weißt du, warum? Weil unsere Kinder tot sind. Nein, ich übertreibe nicht. Ich bin nicht verrückt geworden. Es wäre schwierig, im Einzelnen zu erklären, wie das alles gekommen ist, ich selbst verstehe nicht mal alles … erinnerst du dich an das Lied von dem Stock, der den Hund schlug, der die Katze biss, die die Maus fraß … also ungefähr so ist es gegangen. Weißt du, was ich mich immer gefragt habe? Welches Ende haben der Hund, die Katze und all die anderen genommen … ich meine, wir wissen, welche Rolle sie in der Geschichte gehabt haben, aber darüber hinaus … Ich zum Beispiel, welches Ende werde ich nehmen? Und Baby, was wird aus Baby? Kann ich zu ihm gehen und ihm eine Kugel in die Brust jagen? Er hat schon eine Zeitbombe in der Leber, und ein Kind im Bauch von Emma … Und dann Emma … sie wird für das Kind mit ihrem Besitz zahlen. Dem Besitz, den Rizzo und Napolitano an sich reißen. Wer weiß, was sie daraus machen. Ein Feriendorf? Eine Pferderennbahn? Eine Heilanstalt? Pierguido hat es jedenfalls verdient … er hat versucht, das Chaos zu verhindern, nicht? Er hat sogar versucht, mit dir zu reden! Vielleicht hat er im Eifer des Gefechts auch Costanza verloren … und vielleicht ist er schon immer daran gewöhnt, knallhart zu spielen, an mehreren Tischen zugleich. Deshalb ist es unmöglich, gegen ihn zu gewinnen … Aber das ist egal. Jetzt möchte ich mit dir reden, Marella … Wir müssen entscheiden. Entscheiden, was aus Baby, aus uns, aus den Kindern werden soll. Entscheiden, was aus mir werden soll.

Im Wohnzimmer waren die Vorhänge aufgezogen, weit geöffnet für das goldene Licht des Tages, das tiefe Kobaltblau des Meeres. Der Keramikboden glänzte im Schein der Sonne, und kein Stäubchen schändete die blitzblanken Möbel. Das Schlafzimmer war aufgeräumt, die Kleider lagen ordentlich gefaltet auf den Stühlen, die Bettvorleger waren sorgfältig aufgerollt.

Er ging den Gang hinunter, öffnete jede Tür. Das Arbeitszimmer im Halbschatten, das Papier ordentlich gestapelt. Das Kinderzimmer, ein stilles Heiligtum, die Spielsachen und Puppen akkurat geordnet, der Donald-Duck-Radiowecker tickte leise im Hintergrund. Die Küche frisch geputzt, Geschirr und Lappen wie zur Parade aufgereiht. Das Papier lag auf dem Tisch, ein kleines kariertes Blatt, mit der großen, runden Schrift Marellas, ein einziger Schnörkel, quer darüber.

»Es ist ein so schöner Tag«, stand auf dem Blatt. »Ich habe

es nicht übers Herz gebracht, die Kinder zur Schule zu schicken. Ich habe den Peugeot genommen. Wir machen einen Ausflug. Küsschen von allen. Marella.«

Da war ein Blümchen am Rande das Blatts, eines von diesen Blümchen, das Kinder im Kindergarten zeichnen, bevor sie die Buchstaben des Alphabets lernen. Eines der Blümchen, wie Elisa sie immer als Unterschrift malte, weil sie noch nicht schreiben konnte. Fünf Blütenblätter und ein gebogener Strich in der Mitte, der ein riesiges Lächeln darstellte.

Das Tageslicht fiel durch die Fensterläden, als sie die Augen aufschlug. Während ihr Mann die lange, durchwachte Nacht damit beschloss, dass er durch die öden, noch im Nebel des frühen Morgens liegenden Straßen raste, auf dem Weg nach Hause immer weiter abkam, sich in einem sinnlosen Kreisen von seinem Ziel eher zu entfernen als sich ihm zu nähern schien, streckte Marella einen Arm aus und befühlte das weiche Bett um sich herum. Leer und verlassen, doch noch warm von den Körpern, die in der Nacht dort gelegen hatten.

Sie unterdrückte einen Anflug von Enttäuschung und streckte sich. Das war nicht wichtig ... die Kinder würden zurückkommen. Es würde andere Nächte und andere Tage geben. Man musste sich nur daran gewöhnen. Sich auf eine andere Ebene der Existenz begeben. Sich in einer anderen Zeit bewegen. Der Zeit der Kinder, ihrer Rückkehr.

Sie streckte die Beine aus dem Bett und sonnte sich noch einmal in der frischen Erinnerung an die kleinen Körper, die sich an ihren schmiegten, an das Wispern, die Küsschen, die sie getauscht hatten, das träge Gähnen, mit dem sie langsam in den Schlaf geglitten waren.

Sie schlüpfte in die Pantoffeln und band den Morgenrock zu, schüttelte das zerzauste Haar, während sie sich dem Bad zuwandte. Vielleicht würden die Kinder jede Nacht kommen, wenn Alessandro nicht da wäre. Man musste das Problem lösen, ein für alle Mal.

Elisa war auf den Hocker geklettert, um sich im Spiegel über dem Waschbecken sehen zu können. Sie hatte die Bürste in der Hand und das halbe Gesicht mit Zahncreme beschmiert.

»Haben wir dich geweckt, Mama?«, fragte Iacopo freundlich, während er seine Jeans anzog. »Du hast so tief geschlafen ... aber es war schon spät, ich werde heute in Naturkunde abgefragt. Schlaf nur weiter, wir können allein in die Schule gehen.«

»Wir sind *goß*«, nuschelte Elisa mit der Bürste im Mund.

»Allein in die Schule?« Es musste etwas geschehen sein, das ihr entgangen war. Einige Jahre zuvor, kurz nach der Geburt Iacopos, war sie wegen einer Krampfader am Bein operiert worden. Was hatte da der Arzt noch gleich gesagt? Die Rosenader zu entfernen ist eine Kleinigkeit, denn es bildet sich bald ein kollateraler Kreislauf, der die Durchblutung neu regelt. Vielleicht war das Gleiche geschehen, es hatte sich eine Art kollateraler Kreislauf gebildet. Ihr Bein war in wenigen Wochen wieder in Ordnung gewesen. Bei den Kindern hatte es länger gedauert. Doch jetzt stabilisierte sich ihre Rückkehr, langsam, aber sie stabilisierte sich.

Sie betrachtete ihre Hände, durchzogen von einem Gewirr von Narben, die nie ganz verheilt waren. Blitzschnell traf sie die Entscheidung. Sie müsste ein Paar Handschuhe auftreiben, um zu fahren. Sie würde welche finden, in irgendeiner Schublade ...

»Nein, keine Schule heute.« Sie lachte und bückte sich, um Iacopo zu helfen, der mit dem Reißverschluss der Jeans kämpfte. »Es ist ein wunderschöner Tag. Und wie sagt die Oma immer: Diese ganze Schule ist nicht gut. Was haltet ihr von einem schönen Ausflug? Brötchen und was zu trinken ... und wir fahren hin, wo es uns gefällt!«

»Au ja!«, schrie Iacopo. »Hm ... auch wenn die Lehrerin mich nachher umbringt.« O nein, Schatz, das geht nicht noch einmal ...

»Dann will ich auch Jeans!«, rief Elisa und tanzte auf dem Hocker herum.

»Beeilung, Kinder … komm, Elisa, ich helfe dir, dich anzuziehen … Getränke haben wir … Brötchen kaufen wir unterwegs … Iacopo, leihst du mir deine Fahrradhandschuhe? Die passen mir nämlich gut. Ich mache euch Frühstück … Wo habe ich bloß die Autoschlüssel hingetan? Erinnert mich daran, dass ich die Papiere mitnehme … o Gott«, sie war mit einem Mal ganz verzagt, und die Kinder sahen sie bestürzt an.

»Was ist denn los, Mami?«, fragte Iacopo besorgt.

»Das Auto … die Batterie, sie ist doch ausgebaut, und ich weiß nicht, wie man sie wieder anschließt …«

»Aber das ist doch eine Kleinigkeit …« Iacopo strahlte über das ganze Gesicht. »Darum kümmere ich mich … Papa hat es mir beigebracht. Ich nehme den Engländer aus seinem Werkzeugkasten … mach dir keine Sorgen, Mama.«

»Und das Auto macht BUM«, lachte Elisa – nicht einmal das Trauma ist ihr geblieben, Gott sei Dank …

»Können wir Badezeug mitnehmen?«

»Kann ich Barbie mitnehmen? Sie ist traurig, weil sie immer zu Hause bleiben muss … kann ich sie mitnehmen?«

»Und Pfeil und Bogen. Dann lerne ich zielen … ja, nur auf Bäume, das schwöre ich, Mama, nur auf Bäume … aber Elisa darf nichts anfassen, sie macht alles kaputt …«

»Beeilt euch … ich will alles ordentlich zurücklassen … komm, Elisa … Iacopo, denk an den Engländer.«

Sie konnte nicht das Auto genommen haben. Sie wusste nicht, wie man die Batterie anschließt. Die kleine Blume lächelte, eine sanfte Grimasse. Und doch, er musste nachsehen. In die Garage gehen. Sich vergewissern. Seine Beine waren schwer wie Blei, aber er musste die Kraft finden aufzustehen. Emma und ihre verflixten Ratschläge! Lass ihr doch freien Lauf, es ist nur eine vorübergehende Krise ... Und wenn ich sie nun erhängt in der verdammten Garage finde? Aber da war das Blümchen ... das hatte sie gemalt. Das war wirklich das Ende – und wenn nicht sie es gemalt hatte? Wenn ...

Er nahm die Schlüssel und ging aus der Wohnung, schlug die Tür hinter sich zu. Einen Moment lang war er versucht, an der Wohnung gegenüber zu klopfen ... vielleicht hatte die Nachbarin sie gesehen. Vielleicht hatten sie ein paar Worte auf dem Treppenabsatz gewechselt. Sicher, und dann sagt sie dir noch, dass sie auch die Kinder gesehen hat. Dass Marella wie üblich mit ihnen spazieren gegangen ist. Dass sie wie üblich gestört und Lärm auf der Treppe gemacht haben. Und es ist wohl ein beliebiger Tag in einem beliebigen Jahr, und Baby kommt vorbei, um einen Kaffee zu trinken, und auf der Straße trefft ihr Pierguido, und ihr schlendert zusammen zwischen der Piazza und der Strandpromenade hin und her, einen Gruß und ein Seufzen für Costanza, die mit ihrem champagnerfarbenen Golf vorbeischießt, schön, dunkel und aggressiv, der verbotene Traum des ganzen Ortes ...

Entschlossen ging er die Treppe zur Garage hinunter, nahm immer zwei Stufen auf einmal. Warum nur waren sie nicht umgezogen?

»Hier ... mit Schinken für Iacopo und mit Nutella für Elisa ... Mein Gott, Kleine, dich will ich mal in ein paar Jahren sehen, mit dieser Diät auf Schokoladenbasis. Festhalten, Kinder, ich muss wenden ... Iacopo, mach bitte das Fenster ein bisschen auf ... es ist eine Mordshitze hier drinnen.«

Der Peugeot verließ den Parkplatz der Raststätte, fuhr auf die Staatsstraße und beschleunigte. Zu ihrer Linken glitt das Meer vorbei, in einem gleichmäßigen, dichten Blau, wie von einem Anfänger bei seinen ersten Versuchen mit Temperafarben oder einem kleinen Kind gemalt.

»*Onkel* Donald hat ne Farm, ia-ia-o …«, stimmte Elisa an, die auf dem Rücksitz stand.

»Das ist Elisa, die ia-ia-o schreit«, schaltete Iacopo sich prompt ein.

»Seid brav … setz dich hin, Elisa, das ist gefährlich … und stellt euch nicht so dumm an, lasst uns versuchen, richtig zu singen.« Was für ein Vergnügen, wieder Auto zu fahren, in der Sommersonne. Sie schloss sich dem Chor an, sang genauso falsch wie die Kinder. Ein perfekter Tag, ohne eine Wolke. Iacopo hatte das toll gemacht, mit der Batterie. »Siehst du, Mama? Man muss nur die Klemmen wieder dranmachen und mit dem Engländer schön festziehen.« Himmel, und sie bekam nicht einmal die Motorhaube auf … Er war ganz der Vater, bei solchen Dingen. Er würde einmal ein guter Autofahrer werden.

»Ich will baden!«, kreischte Elisa.

»Aber wir sind doch gerade erst losgefahren … Wir gehen später baden, das verspreche ich dir. Macht doch mal die Chipstüte auf. Ich bekomme langsam Hunger …« Baden gehen? Es wäre das erste Mal in diesem Sommer … das erste Mal seit zwei Sommern, wenn sie recht darüber nachdachte … Wie in alten Zeiten, wenn sie und Maria Pia am frühen Nachmittag, gleich nach der Arbeit, die Kinder ins Auto packten und an den Strand fuhren … dieses Badengehen Anfang Juni, nach den feuchten Wintern an der Küste … Costanza schon seit den frühen Vormittagsstunden am Strand, mit dem kleinen Matteo, der in seinem Bötchen herumplanschte. Dieses erste Badengehen war Frauensache. Zunächst nur am Nachmittag oder an den Wochenenden, dann immer ein paar Leute zusammen, wenn die Ferien kamen, die Schulen schlossen und man sich am Strand verabredete … Lena, Angela, Isabella … die Sonnenschirme wurden zusammengestellt, und man redete, lachte, klatschte und tratschte … Die Scheidungen des letzten

Winters konnten den Gesprächen der Sommermonate Nahrung geben, und dann die wunderbaren, leidenschaftlichen Erzählungen über Schwangerschaften, schwierige Geburten. »Ich habe nicht mal gemerkt, wie mir die Fruchtblase geplatzt ist … das Bett klatschnass bis auf die Matratze.« »Ah, ich schwöre, das hier ist mein letztes Kind, bei drei ist Schluss … ein schöner Kaiserschnitt, und ich lasse mir die Eileiter verschließen. In diesem kinderlosen Land habe ich schon zu viel getan …« »Mit den Füßen zuerst, was sollte der Geburtshelfer da machen?« »Zehn Pfund! Es hat mich praktisch zerrissen.« »Die Arme, sie war schon im sechsten Monat, eine Schwangerschaftstoxikose … und das beim ersten Kind …« »Zu dem darfst du nicht gehen! Das ist ein Metzger … weißt du nicht, was er bei mir angerichtet hat, als Luisa geboren wurde …«, und dann die faulen Nachmittage, betäubt von Stunden in der Sonne und dem penetranten Geruch der Sonnenschutzmittel, und die Kinder im Wasser, unermüdlich, wollten absolut nicht hören, auch wenn die Finger schon blau waren und die Zähne klapperten. Und die übliche Bitte auf den Lippen: »Noch fünf Minuten, bitte, Mama, noch fünf Minuten, dann komme ich raus … ich schwöre es.« Alte Bilder, die ungeordnet vor ihren Augen abliefen, wie in einem kaputten Guckkasten … prickelnde Vormittage, die ein bizarres Puzzle der Nostalgie bildeten, sie an eine Zeit erinnerten, in der alle noch lebendig gewesen waren, Costanza, Maria Pia, Angela, in diesem aufblitzenden magischen Zeitraum, der sie vom Vergessen, vom Verfall, vom Tod trennte. Der Gedanke, dass die Welt tot sei, war furchtbar, und auch falsch, denn wer überlebt, hat die Pflicht, nicht über den Ruinen zu weinen, sondern sich über sie zu erheben, wie ein aufgehender Stern in der Einsamkeit der Ebenen.

»Verflixt, Mama, wir hätten den Fotoapparat mitnehmen können …«

»Ein andermal, Iacopo, vielleicht ein andermal …« Wir wollen nicht übertreiben, Kinder, nichts erzwingen …

Er schloss die Wohnungstür und ließ sich wieder auf die kleine Couch fallen. Wie, verdammt, hat sie das gemacht? Wie hat sie das Auto wieder in Gang gebracht? Sie kann doch den Kühler nicht vom Gaszug unterscheiden. Sie weiß nicht mal, wo genau die Batterie ist!

Vielleicht hatte sie es einfach versucht. Ja, wie einer, der absolut nichts von Arithmetik versteht, durch Versuche das zweite Gesetz der Thermodynamik entdeckt … aber mal im Ernst … ausgerechnet Marella, die vor ein paar Jahren den Pannendienst gerufen hatte, weil ihr der Motor abgesoffen war! Und doch war die Garage leer. Das Auto nicht mehr da. Was tut man in einem solchen Fall? Ruft man die Polizei? Soll man etwa einem angetrunkenen Maresciallo Sacco versuchen zu erklären, dass er Alarm geben muss, weil eine geistig nicht ganz gesunde Frau mit dem Auto durch die Gegend fährt – nachdem sie die Batterie wieder angeschlossen hat, von der sie eigentlich nicht mal wissen dürfte, wo sie sich befindet –, und zwar in Begleitung ihrer vor einem Jahr bei einem Verkehrsunfall durch die Schuld eines lieben Freunds der Familie, des alten Baby Perri, ums Leben gekommenen Kinder … gewiss, Baby Perri, der Enkel von Don Filippo Perri … aber er hat das Auto nicht genommen, sondern meine Frau … nein, sie hat es nicht gestohlen, sie hat ihr eigenes Auto genommen … was soll das heißen, wo das Problem ist? Sie ist nicht ganz richtig im Kopf, das ist das Problem! Nein, mir geht es sehr gut … sie ist es, die verrückt ist … so sehr, dass sie das Auto genommen hat, um mit den Kindern spazieren zu fahren, und weil sie nicht in der Lage ist, die Batterie wieder anzuschließen, muss sie glauben, das hätte Iacopo gemacht, mein Sohn … ich meine, er war früher mein Sohn … er verstand sich auf solche kleinen Arbeiten ... er ist ... also, er war ein ziemlich heller Junge. Erinnern Sie sich denn nicht an Iacopo? Und an meine kleine Tochter Elisa, erinnern Sie sich an sie? Ich war mal mit ihr hier bei Ihnen, wegen der Verlängerung des Jagdscheins ... sicher, ein prächtiges Mädchen, mit großen dunklen Augen und einem kleinen Mund, der einem das Herz zerreißt ... aber jetzt sind alle weg ... meine Frau sagt, sie machen einen Ausflug ... sie hat eine Art Nachricht hinterlassen ... ich war nicht da, weil die große Jagd begann ... nein, die Verlängerung des Jagdscheins hat einen Scheiß damit zu tun, das sollte meine persönliche Jagdsaison werden. Doch irgendetwas ist schief gegangen, es ist sogar alles schief gegangen ... ich wollte diesen Scheißkerl erledigen, doch die Welt ist voller Hurensöhne, die viel schlimmer sind als er, und da ... Wer weiß, vielleicht müsste man die ganze Welt erledigen, damit es einen Augenblick still ist und man in Ruhe vernünftig nachdenken kann ...

In Ruhe nachdenken ... bis zehn zählen, ein Glas Wasser trinken und versuchen, in Ruhe nachzudenken. Ein Schritt nach dem anderen, allmählich schneller werden, immer schneller ... direkt auf die finale Katastrophe zu.

Er könnte sich selbst ins Auto setzen. Er könnte Marella und die Kinder suchen ... Marella suchen, Alessandro, Marella! Doch vielleicht war sie schon weit weg. Und wo?

»Ich muss Pipi.«

»Ich kann hier nicht ranfahren, Elisa. Warte zwei Minuten, nach der Kurve halten wir an ... Iacopo, Schatz, mach mal meine Tasche auf, da müssen Papiertaschentücher drin sein, gibst du mir eins? Hab Geduld, Elisa. In einer Minute hält die Mama an, und du kannst Pipi machen.«

»Ich muss auch Pipi.«

»Ja ... du auch, aber zuerst die Taschentücher, gleich machen wir alle Pipi. Jetzt seht euch mal diesen tollen Tag an!«

»Pipi-Pipi-Pipi …«

Er wollte sich gerade noch ein Glas Wasser holen, als er die kleine Mappe sah. Sie lag auf einem Stapel mit Kochbüchern, die Marella in dem Regal neben dem Spülbecken verwahrte, und irgendwie verwirrte ihn diese Mappe. Seit Monaten hatte er, wenn er ans Spülbecken ging, das Bild einer orangefarbenen Ente wahrgenommen, die auf dem Umschlag des obersten Buchs war. Marella hatte diese Bücher nicht mehr angefasst. Doch jetzt lag diese kleine Mappe oben auf dem Stapel, und die gewohnte Ente war nicht mehr zu sehen.

Er nahm die Mappe, und die Kinder lächelten ihn von Fotos an. Elisa, die in die Kamera winkte … Iacopo mit einem Kaninchen in der Hand … dann in der Pose, um einen Kopfsprung zu machen … da schubsten sie sich herum, rauflustig und ohne zu wissen, dass sie verewigt wurden … Elisas kleiner Po im Vordergrund … Marella vor einigen Jahren, die Kinder auf den Armen, als sie noch ganz klein waren, im Hintergrund das Haus ihrer Mutter, oben im Dorf, Marella mit Augen wie Sterne und einem Hollywood-Lächeln, die zwei weiße, eingemummte kleine Bündel hielt. Er fuhr mit dem Finger zärtlich über das Bild der Kinder, dann über das Marellas. Wie hatte sie es geschafft, die Fotos zu retten? Und das Spielzeug zu verstecken? Wie hatte sie die Batterie wieder eingebaut?

Er vergaß das Glas Wasser und ging zurück auf den Flur, blätterte weiter in dem kleinen Fotoalbum. Er setzte sich zerstreut auf die Couch, kam zu einem Bild mit ihnen dreien – seine Familie – vor dem Hintergrund des Gebirgsdorfs. Er hatte das Fehlen dieser Bilder nicht bemerkt, als er sich entschlossen hatte, die Fotos verschwinden zu lassen. Er hatte sie vergessen … er hatte alles vergessen … das Gebirgsdorf, klar und verschneit auf dem Gruppenfoto … und plötzlich fiel es ihm wieder ein … unter einer heißen Sonne, verdunkelt von erstickenden Rauchwolken, dem schwarzen Qualm eines Feuers, das den Ort von drei Seiten her bedrohte, in dem irrsinnigen Wind eines vergessenen Sommers vor fast fünfzehn Jahren …

»Das ganze Gebirge steht seit dem Morgengrauen in Flammen! Los, Alessandro, spring ins Auto, es heißt, es ist ein grandioses Feuer, das wirst du doch nicht verpassen wollen!« Und es war wirklich die Stimme von Baby Perri, die er jetzt hörte, erregt von der geheimnisvollen Faszination des Feuers. »Wir können mit dem Geländewagen bis hoch zum Gipfel fahren! Steig ein!«

Und er war eingestiegen. Er und Baby, wie viele andere unterwegs zu dem Waldbrand, an jenem späten Augustnachmittag, als der Schirokko um sie herumwirbelte, ihnen in den Ohren pfiff und den Sand in die Augen wehte, während der Jeep die steile Serpentinenstraße hinaufraste. Erregt von dem scharfen, harzigen Geruch des in Flammen stehenden Pinienwalds, näherten sie sich immer mehr dem Brandherd.

»Halt dich fest, wir fahren mitten durch, das ist die einzige Möglichkeit, um durchzukommen …«

»Mitten durchs Feuer! Los, Perri!« Seine Stimme wie ein Kriegsschrei, zwischen den Bäumen, die wie Fackeln brannten, und der schwarzen Asche, die durch die Luft flog und das Licht der Sonne verdunkelte. Mit dem Risiko, dass ein brennender Baum auf den Jeep niederging – doch was sollte es? Was für ein Spaß wäre es gewesen, ohne ein bisschen Risiko?

Baby und er schrien vor Freude auf ihrer wilden Fahrt. »Richtung Dorf, fahr auf das Dorf zu, Baby! Schnell, das will ich nicht verpassen!«

Vor ihnen und um sie herum brannte das ganze Gebirge, verwandelt in eine Albtraumlandschaft. Sie rasten über graue, qualmende Stoppeln, zwischen Kastanien durch, die sich in Feuertürme verwandelt hatten, sangen und schrien aus voller

Kehle eine sehr persönliche Version des *Walkürenritts* in die von Asche verfinsterte Luft hinaus. Und in der letzten Kurve tauchte das Dorf auf, die niedrigen Steinhäuser, belagert vom Feuer, die abgelegeneren Höfe schon ein Raub der Flammen, das ganze Tal eine dunkle Decke aus schwarzem Rauch, der tief über dem Ort lag.

»Unsere Leute kommen!«, brüllte Baby Perri und raste geradeaus auf der Strecke, die mitten ins Dorf führte.

Dann erreichten sie die ersten Häuser und sahen die Gruppen von Menschen auf den Straßen: Frauen mit bestürzten Gesichtern, Alte, so unbeweglich wie Statuen, und vor allem Kinder, die den Ring der Flammen anstarrten, unsicher, ob sie in Tränen ausbrechen oder begeistert in die Hände klatschen sollten. Es waren keine Männer unter ihnen, sie kämpften alle draußen gegen die Feuerfront. Der rauchige Wind brannte in der Kehle und fegte kleine glühende Steinchen durch die Luft.

»Scheiße«, sagte Baby und hielt an.

Als hätten sie sich abgesprochen, sprangen sie aus dem Jeep und gingen zu Fuß weiter. Sie bogen in Seitenstraßen ein, ohne zu wissen, wohin sie den Blick wenden sollten, trafen auf weitere Menschen, die in dieser seltsamen Reglosigkeit erstarrt waren und womöglich von einem Moment zum anderen losschreien würden. »Vielleicht könnten wir helfen …«, murmelte Baby und biss sich auf die Lippen. »Ja … ich glaube wirklich, das sollten wir tun«, stimmte er zu. »Wir werden der Feuerwehr im Weg stehen und zum Schluss verbrennen … doch es ist besser, wir tun was. Scheiße, was für eine Katastrophe … Man kann sich das nicht vorstellen, bis man …« Baby unterbrach sich verlegen.

In diesem Moment kam ein neuer starker Wind aus einer anderen Richtung auf, und sie fanden sich in einem glühenden Ascheregen wieder, während aus den ersten Häusern weiter hinten schon die Feuerzungen schlugen. Und da sah er sie: Sie zeichnete sich vor dem wütenden Orangerot des Himmels ab, stieg aus der Gasse hinunter, die Locken fielen ihr bis auf die Schultern, waren zerzaust vom Wind. Sie ging mit langsamen Schritten, ihr flatternder Rock wand sich um ihre Beine. Ein ausgeschnittenes rotes T-Shirt und die finstere Miene der Zwanzigjährigen mit ihren unergründlichen Geheimnissen. Sie kam auf sie beide zu, ohne sie zu sehen, während das Feuer hinter ihrem Rücken aufflammte, und für einen Augenblick war ihm, als er diesen verschlossenen Ausdruck ihres Gesichts sah, als wäre das Feuer ihr Gefolge, ja, als gehe sie ihm voraus und ziehe es hinter sich her, mit ihrem eigenartigen Rock, ihren dunklen Locken und ihren weichen, verächtlich zusammengepressten Lippen.

Sie ging an ihnen vorbei, ohne den Blick zu heben, und verschwand in den Rauchschwaden.

»Wer … wer ist sie?«, stammelte er.

»Beweg dich!«, rief Baby ihm zu. »Hörst du nicht die Sirenen? Sie kommen von da hinten … lauf, damit wir helfen können.« Und sie rannten durch die Straßen des brennenden Dorfs, schlossen sich den Helfern an, brachten alles Mögliche durcheinander, versengten sich die Hände und die Haare, husteten und fluchten, hoben Erdwälle aus, um das Vordringen der Flammen aufzuhalten, wurden klatschnass im Strahl der Wasserwerfer. Und die ganze Zeit dachte er weiter an sie. An das Mädchen, das aus der Gasse hinunterstieg und eine Feuerspur hinter sich ließ. Das Mädchen, das er unbedingt kennen lernen musste. Das Mädchen, das in jeder Nacht des nächsten Sommers vor seinen Augen tanzen würde, in einem langen Rock, der Feuer gefangen hatte, und mit Augen voller Versprechen. Die Tochter der Schneiderin, die ihm den Schlaf und den Appetit geraubt hatte, hinter der er mit der starrköpfigen Geduld, die ihm eigen war, den ganzen Winter her war.

Das Mädchen, das er heiraten und das ihn Caterina Specchi, Lena Santovito und Emma Battistini vergessen lassen würde. Die Trägerin des Feuers: Marella.

»Wie wir flitzen, Mama! Hei ...! Wir überholen alle.«

Der Peugeot glitt mühelos unter der Sonne dahin, die ihren höchsten Stand erreicht hatte.

»Willst du sehen, wie ich diese Schlafmütze überhole?«, rief Marella und brach in Lachen aus.

»Jaaaaa«, kreischte Elisa.

»Platz da!«, schrie Iacopo und packte ein imaginäres Steuer, als das Auto zum Überholen ansetzte.

»Macht euch das Spaß, Kinder?«

»Wahnsinnig. Du fährst besser als Papa!«

»Du bist eine Formel-1-Pilotin«, sagte Elisa überzeugt und biss in ihr Nutella-Brötchen.

»Elisa, die ist immer so, einfach dumm wie Bohnenstroh«, trällerte Iacopo vor sich hin.

»Papa schimpft dich aus, wenn er hört, dass du dich über mich lustig machst. Und Mama schimpft er auch aus, wenn ich sage, wie schnell sie fährt ...«

»Aber sicher, Schatz ... Nur dass Papa nicht da ist. Ihr müsst euch also keine Sorgen machen. Jetzt ist Mama da, die sich um euch kümmert ...«

Er hatte es vergessen, im immer gleichen Ablauf der Tage. Während sie darum kämpften, ihre ärmliche Herkunft hinter sich zu lassen. Um zu werden wie Baby oder Pierguido oder Mario Rizzo, mit dem großen Auto und der luxuriösen Villa. Und alles war gut gegangen, bis es plötzlich gehakt hatte.

Bei ihm, nicht bei Marella, deren Rock weiter brannte und Funken aussandte, die tausend andere Brände legen konnten.

Er ließ die Fotos auf den Boden gleiten ... Ihr schönes Leben, zerbrochen wegen einer Kleinigkeit, wegen eines Autos, das in einem bestimmten Moment nicht anspringt. Vielleicht wegen eines Glases zu viel. Weil jemand einen Comic-Traum hat, der zerbrochen ist, wie es fast allen Träumen ergeht. Und angesichts seines Scheiterns nicht mehr auf die Einzelheiten achtet, gar nichts mehr sieht. Zwei kleine Kinder, die sich im Gehen bei den Händen halten, ein Ölfleck auf dem Boden, ein Zeiger, der verbotene Geschwindigkeiten erreicht. Er fühlt und empfindet nichts mehr als den warmen Hauch im Nacken, das bestialische Getöse der Leere. Und schleudert und schleudert und schleudert ... Und es führt zu nichts, die Jagdsaison zu eröffnen, Frau und Geliebte zu schlagen, den Besitz von Freunden zu verschleudern, ein Jahr lang mit den Wölfen zu tanzen, denn da ist nichts anderes, das man greifen könnte, nur diese Leere. Die dich so weit gehen lässt, wie du willst, nur um zu entdecken, dass nicht du es bist, der sie zerreißt, sondern sie dich in ihren unsichtbaren Mantel aus Nichts gehüllt hat.

Er steckte sich eine Zigarette an, warf das Streichholz weg. Warum hat er es mir damals nicht gesagt, als wir auf der Terrasse waren, sturzbetrunken und aneinander geklammert wie bei einem langsamen Walzer? Ein einziger, einzigartiger Akt des Mutes hätte genügt, um dem Gesetz der Erniedrigung eine Grenze aufzuzeigen, um uns nicht alle in diesem Sumpf versinken zu lassen, einer Ballast des anderen in einer endlosen Kette, die uns nur nach unten ziehen kann, immer weiter ...

Die Flammen züngelten schon um seine Hosen, als er sie bemerkte. Er sprang schnell auf, ohne zu verstehen, was passiert war, versuchte instinktiv, das Feuer auszutreten. Und er schrie, als seine nackten Fußsohlen die Flammen berührten, ihn zwangen, vor Schmerz zu hüpfen, und er verwünschte es, dass er sich die Schuhe ausgezogen, das noch brennende Streichholz gedankenlos weggeworfen hatte, das jetzt in der Mitte des kleinen Scheiterhaufens aus Fotos loderte.

Keuchend versuchte er, welche zu retten, schlug mit den Händen auf das Feuer ein, gebrauchte die Mokassins, um die bläulichen Zungen, die giftig aus dem Häufchen Fotos leckten, zu ersticken, während die Bilder sich schon zusammenrollten, schwärzlich und kraftlos in seinen Fingern zerbröckelten.

Er sah zu, wie sie brannten – das lächelnde Gesicht Marellas vom Feuer umzingelt, als stünde sie für einen letzten, rätselhaften Gruß am Fenster eines Hauses in Flammen.

Während ihr Mann gegen jenes eine Hand breit hohe Feuer im stillen Flur ihrer Wohnung kämpfte, erhoben sich die Feuerwerkskörper hoch in den Himmel, in einer Kaskade von vielfarbigen Sternen und Fontänen, die laut über ihnen dröhnte – gut, jetzt war es genug! Die Kinder würden sich erschrecken … sie löschte eine nach der anderen die Lichterketten, die um sie herum aufleuchteten, und brachte die Kracher mit einer Geste ihrer behandschuhten Hand zum Schweigen.

Was für ein Frieden, endlich, dachte sie und beschleunigte auf dem sonnenüberfluteten Asphaltband vor dem bläulichen Rund der Berge am Horizont.

»Wohin bringst du uns, Mama?«

»Ja, Mami … wohin fahren wir?«

»An einen wunderschönen Ort … aber ich will es euch jetzt noch nicht sagen … es ist …«

»Eine Überraschung?«, schrien die Kinder gleichzeitig.

»Erraten! Und jetzt haltet euch fest, wir überholen den Lastwagen!«

»Hei! Aber sind wir nicht zu nahe an der Kurve, Mama?«

»Und warum nicht, Iacopo, warum nicht …« Warum nicht in der Kurve, dachte sie und beschleunigte weiter. Warum nicht in dieser unübersichtlichen Kurve. Dort, wo die Schatten dichter werden. Jedes Feuer auslöschen. Jeden Brand. Jeden Schmerz.